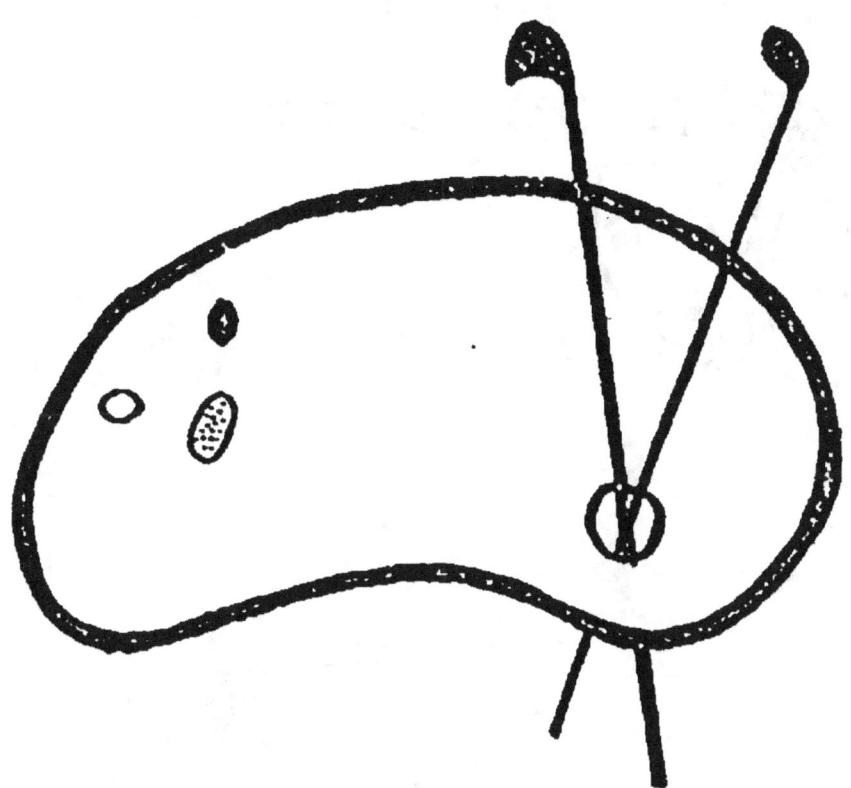

COUVERTURE SUPERIEURE ET INFERIEURE
EN COULEUR

TROIS DIPLOMATES

NOUVELLE

PAR

MADAME ANTONIE JAUFFRET

MARSEILLE

J. THOMAS ET Cie, IMPRIMEURS DU DÉPARTEMENT ET DU
CONSEIL GÉNÉRAL DES BOUCHES-DU-RHÔNE
Rue de la Paix, 11

1877

TROIS DIPLOMATES

TROIS DIPLOMATES

NOUVELLE

PAR

MADAME ANTONIE JAUFFRET

MARSEILLE

A. THOMAS ET Cie, IMPRIMEURS DU DÉPARTEMENT ET DU
CONSEIL GÉNÉRAL DES BOUCHES-DU-RHÔNE
rue de la Paix 11

—

1877

TROIS DIPLOMATES

CHAPITRE PREMIER

LE PLUS VASTE DES CHAMPS : CELUI DES CONJECTURES

— Eh bien ! savez-vous la nouvelle ?

— Non.

— Et vous, marquise ?

— Pas davantage, mais... je grille !

— Dites donc vite, cher comte.

— Le mystère se complique ; cela devient d'un piquant adorable.

— Comte, ayez pitié de nous !

Ces questions et ces réponses, moitié sérieuses, moitié frivoles, et assurément dignes par leur obscurité, comme l'énigme thébaine, de mettre à l'épreuve la sagacité de quelque nouvel Œdipe, s'échangeaient en un salon des plus élégants de la capitale du duché de Modène, chez Madame la marquise Faliero.

La marquise était une charmante femme de vingt-trois ans, blonde, rose, fraîche et gracieuse à l'avenant.

Devant elle se tenait le comte Luigi, beau cavalier, l'un des rois de la fashion Modénoise, et l'on peut dire le héros du jour, son arrivée ayant eu le privilège de concentrer sur lui tous les regards et d'intriguer au plus haut point le cercle de jeunes élégants, et de femmes à la mode qui s'empressaient autour de la marquise.

Sur le dossier du fauteuil de celle-ci s'appuyait une ravissante brune, à l'œil noir et brillant, au sourire de corail et de perles ; c'était sa meilleure amie, Madame de Laval. Elevée avec la marquise au Sacré-Cœur, de Paris, elle appartenait à une noble famille de Roquebrune, et avait été mariée à un Français récemment nommé secrétaire du comte Gaëtano Rossi, que le prince de Monaco venait d'envoyer, en qualité d'ambassadeur. auprès du duc de Modène.

Madame de Laval avait rejoint son mari depuis quelques jours seulement. Tout heureuse de retrouver son amie de pension à Modène, elle profitait de l'isolement que lui faisait une conversation animée et bruyante, entre les invités de la marquise, pour savourer les délices d'une causerie à deux, pleine d'ineffables confidences, lorsque l'entrée du comte Luigi vint appeler l'attention de Madame Faliero.

— Comte, dit la jeune femme en riant, — je plaide pour la curiosité de ces dames.

— C'est une mauvaise cause... mais vous la gagnerez ; se ne sera pas la première fois que l'éloquence d'un avocat aura été une circonstence atténuante.

— De quoi s'agit-il donc ? demanda Madame de Laval.

— Vous êtes nouvellement dans nos murs, grâce à quoi, cette question vous sera pardonnée, interrompit la princesse Tolosi, l'une des intimes de l'amphytrion féminin du lieu. Vous ne savez donc pas que, depuis tantôt trois semaines, Modène est en révolution ? Nous sommes toutes liguées contre un secret, que nul encore n'a pu découvrir. Ces Messieurs que voilà ont été envoyés en éclaireurs. C'est une conspiration générale ! Et, comme vous voudrez en être, sans doute, quand vous en connaîtrez l'objet, — la voici :

A quelques pas de notre ville, il existe une petite maison de campagne, mignonne au possible, et laquelle était derniérement à louer. Par une nuit étoilée, une personne de notre connaissance, que le hasard avait conduite près de là, vit une chaise de poste s'arrêter devant la maison. Un vieux domestique sauta en bas du siége, le chapeau à la main, ouvrit la portière, et notre connaissance vit descendre de la voiture, avec la grâce et la légèreté d'une fée, une jeune dame, vêtue de noir, dont le voile de dentelle découvrit, en se soulevant, un admirable visage et une paire de magnifiques yeux, qui, aux rayons de la lune, lançaient d'éblouissantes étincelles. Puis la jeune dame et le vieux serviteur s'engouffrèrent dans la Villa. La chaise de poste disparut, la porte se referma, et, depuis... le croiriez-vous ? ils n'ont plus donné signe de vie !

Les fenêtres demeurent closes, la porte est toujours fermée, les mystérieux habitants ne sortent pas plus que des Troglodytes, et le visiteur y est chose inconnue ; jamais de facteur, pas de lettres, voire de journaux ! un silence de mort règne dans l'habitation et le jardin ; bref, le château de la Belle-au-Bois Dormant, n'était rien auprès de celui-là !

Le signor Paolo, celui-là même qui avait fait la découverte, profondément intrigué, se mit en embuscade, et acquit la certitude : que le vieux domestique sort régulièrement tous les matins, à cinq heures, va faire divers achats dans la ville, revient à six heures, et, en refermant la porte après lui, tire pour le moins une douzaine de verrous ; puis, tout est fini jusqu'au lendemain !

Quant à la beauté énigmatique, dont la pré-sence aiguillonne si fort la curiosité du signor Orsini, elle demeure invisible. Lorsqu'on frappe à sa porte, l'écho seul se charge de la réponse ; le visiteur peut battre le marteau, plus ou moins longtemps, c'est une question de patience ; mais, pour le résultat, il est toujours le même : négatif ! La maison semble déserte !

— Mais c'est un roman ! s'écria Madame de Laval.

— Complet ; sauf le chapitre final que nous avons une envie folle de lire , reprit la prin-cesse.

Ces Messieurs se sont piqués au jeu, maintes tentatives ont été faites, toutes ont échoué. On a voulu parler au majordome, à l'heure de sa sortie matinale ; il écoute avec beaucoup de sé-rieux, puis il répond : — Je suis sourd !... d'au-tres fois, il fait une petite variante, et dit : — Je n'entends pas !... après quoi il reprend sa marche. Un jour, on a voulu le retenir : il a plongé ses mains dans ses poches, et, toujours avec le même flegme, en a retiré le double canon de deux énormes pistolets....

Depuis, sa route s'est trouvée libre de tout obstacle.

— Mais la curiosité ne s'est problablement pas ralentie? interrogea Madame de Laval.

— Elle s'est changée en fièvre chaude, dit le comte Luigi, intervenant; à telles enseignes que nous avons fini par établir, la nuit, une vraie croisière autour du château mystérieux. C'était, hier, mon tour de garde; vers minuit, un bruit léger attire mon attention; je me serre contre un arbre, m'effaçant autant que possible et donnant à mes yeux la procuration de tous mes autres sens ...

— Que vîtes-vous, comte? s'écria en chœur la partie féminine du cercle de Madame Falicro.

— Une femme... en costume noir, enveloppée d'une mante de même couleur, et, comme une ombre, glissant plutôt qu'elle ne marchait, devant laquelle l'huis redoutable s'est ouvert comme par enchantement.... Une heure après, la dame noire a reparu, les maudits verrous ont été tirés avec un surcroît d'ardeur; je me suis élancé sur ses traces: elle semblait avoir des ailes! Je suis arrivé juste à temps pour avoir la satisfaction de la voir disparaître dans un carrosse qui station-nait à l'angle de la rue et qui l'a emportée au triple galop de ses coursiers *fantastiques*!

— Et cette dame noire, monsieur le comte, demanda la princesse Tolosi, dont les lèvres pincées retenaient à grand'peine une violente envie de rire, — vous ne vous êtes pas rappelé ses traits pour les avoir vus dans quelque effroyable cauchemar?

— Madame, il eût autant valu essayer d'atteindre un fantôme!

— On ne lui aurait certes point fait en face un pareil compliment de légèreté, c'est probable! pensa la princesse riant cette fois, en dépit de tous ses efforts. — Il doit y avoir quelque chose de politique là-dessous, — dit d'un air capable la jolie petite femme du secrétaire d'ambassade.

— Et penser que ces choses-là se passent dans un pays où il existe une police! ajouta Madame Faliero.

— Si nous dénoncions la maison mystérieuse... qu'en dites-vous, chère belle, demanda la princesse.

— Écoutons d'abord les rapports de nos agents, répondit la marquise; voici précisément le chevalier Orsini : il est du complot...

— A tel point que, cette nuit, depuis une heure jusqu'à l'aurore, il devait continuer ma faction, — ajouta le comte Luigi.

— Voyons la suite de ces événements surnaturels! s'écria la princesse Tolosi.

— Arrivez, chevalier! dit Madame Faliero en saluant le nouveau-venu d'un gracieux signe d'éventail, — et racontez-nous vos triomphes.

— J'y renonce, Madame la marquise, — fussent-ils aussi glorieux que ceux des conquérants romains, nos ancêtres ! répondit le chevalier Orsini. En vérité, je préférerais tenter une autre conquête de la Toison d'or !..

— A cause de sa valeur intrinsèque ?

— A cause de sa facilité.

L'auditoire se récria.

— Et d'aventure, trouveriez-vous l'assaut du jardin des Hespérides plus commode que celui de la farouche villa ? demanda la princesse Tolosi.

— Mille fois plus, Madame !

— Sans en excepter le dragon ?

— Le dragon compris.

— Et le ciel à soutenir sur les épaules, — pour rendre un petit service de société à Atlas ?

— J'y ai reçu bien autre chose ! fit le chevalier d'un air piteux.

— Avez-vous été plus heureux que moi ? interrogea le comte Luigi.

— Cela dépend de la façon d'envisager les choses ; un don m'a été octroyé par la dame noire... ceci est hors de doute ?

— Pas de discrétion ! signor Orsini ; il faut délier sa langue, cette fois ; ne l'avez-vous pas juré ?

— Oh ! il n'y a pas de quoi exciter la jalousie ! On peut aspirer à pareil succès : si, peu sont appelés à cette récompense, beaucoup pourront la recevoir.

— Vite, un franc aveu !

— Je disais donc... Cette nuit, nobles dames, entre deux et trois heures, la température n'était pas à la hauteur de notre bravoure ; à la neige près, on se fût cru sur quelque cime de l'Apennin ; brrr ! j'en frissonne encore ; la faction devenait méritoire ; mais vous aviez ordonné, et, si le baromètre varie, notre désir de vous plaire demeure fixe et constant, Mesdames. Je résistais donc bravement au froid, qui menaçait de punir ma curiosité en me rendant semblable aux statues de marbre qui grimacent sur la façade de la maison surveillée, et calculais, à part moi, ce qu'elle aurait pu gagner à ce surcroît de décor, lorsque je vis la lueur d'une lampe se projeter à travers les contrevents du premier étage. Hommes ou revenants, j'étais sûr d'être entendu ! Je m'élance sur le marteau et je frappe de toute la force que leur engourdissement avait laissé à mes mains raidies ; mes coups retentissent avec un écho lugubre dans le silence de la nuit ; mon vacarme eût troublé le repos de Morphée lui-même, mais les pavots des habitants mystérieux sont de bonne qualité ! Je m'exalte, je continue mon exercice en conscience, si bien qu'en dépit de la bise glacée qui soufflait avec des clameurs de chats

qu'on fouette, la sueur ruisselle de mon front...
tout à coup une fenêtre s'ouvre ! un cri de victoire s'échappe de ma poitrine haletante... je
relève orgueilleusement la tête... et je reçois...
devinez...

— Un bouquet de pensées et d'œillets-flamme !
s'écria la princesse Tolosi avec vivacité.

— Non ; cherchez encore...

— Rien, peut-être ? insinua le comte Luigi.

— Si ; car une bonne action mérite récompense.
J'ai donc obtenu quelque chose !

— Quoi ?

— Une carafe d'eau glacée sur la tête !

— Par une nuit de décembre ! se récria la
galerie ; quel procédé !

— Que voulez-vous ? tout le monde ne lit pas
la civilité ; ces gens-là ne se doutent guère,
apparemment, qu'il existe un traité *ad hoc* sur
la matière ! j'en serai quitte pour leur en envoyer
un exemplaire, avec or sur tranche, à l'occasion
du jour de l'an.

Quoi qu'il en soit, la fenêtre s'est refermée
après ce bel exploit accompli, et, peu désireux de
m'exposer à une seconde édition des procédés
aimables de la dame mystérieuse, je me suis
retiré grelottant et me suis mis au lit, en proie à

une courbature dont la fièvre et les frissons m'accompagnent jusque chez vous.

— Pauvre chevalier ! en effet, il est pâle à faire pitié, s'exclama Madame Tolosi ! Victime d'une guerre aussi sauvage, recevez mes sincères compliments de condoléance ! votre héroïsme était digne d'un meilleur sort.

— Je me charge de la revanche, dit le comte Luigi avec résolution.

— A ton aise ! mon ami, si tu tiens à partager mon bonheur.

— Je me fais fort de pénétrer, cette nuit, dans le sanctuaire de l'inconnue, reprit le comte ; et si je ne puis en découvrir les secrets, au moins obtiendrai-je une audience de cette étrange beauté.

— Je t'en défie !

— Nous jugerons comme arbitres ! s'écrièrent les dames.

Le comte s'inclina..

— Mesdames, il est onze heures, fit-il ; veuillez me permettre de prendre congé de vous ; demain, je viendrai vous annoncer ma défaite, ou vous prouver que le mot de César n'a point vieilli et que la fortune aide encore quelquefois l'audace.

— La fortune est femme, dit en souriant Madame Tolosi.

— Aussi, l'impossible a-t-il quelque chance de réussir.

— Quoi qu'il en soit, Monsieur le comte, reprit railleusement la princesse, nos vœux vous suivront.

— Ce ne sera pas, Madame, la moins puissante de mes armes.

— A demain donc ! dit gaiement la femme du secrétaire d'ambassade ; j'ai peur d'être envahie, à mon tour par la fièvre de curiosité qui vous travaille !

— Tant mieux ! Madame.

— Pour moi ?

— Pour la Faculté ; ce serait une découverte précieuse : une maladie de plus ! songez donc.... et la nouveauté du cas enrichirait bien vite le docteur qui en trouverait le spécifique.

— Je ne suis pas assez charitable pour ménager pareille vogue à mon médecin : votre récit me guérira demain, certainement !

— C'est la grâce que je lui souhaite, ajouta la princesse Tolosi avec un air tout empreint de finesse.

— Ainsi soit-il ! fit le comte en se retirant,

— J'irai vous voir demain matin, dit tout bas la marquise à Madame de Laval : serez-vous seule ?

— Je crois bien ! Mon mari et l'ambassadeur passent tout leur temps au palais ; le duc est imprenable !

— Que lui demandent-ils donc ?

— C'est un secret... je réclame votre silence.

Madame Faliero eut un geste magnifique.

— Le prince de Monaco, reprit la jeune femme si bas qu'elle put, a vu, cet été, aux eaux, son Altesse la princesse Maria Isabella, fille du duc de Modène, et en est tombé éperdument amoureux ; le comte Rossi est envoyé auprès du duc pour demander la main de la princesse.

— L'accordera-t-il ?

— Le duc flotte indécis : si, d'une part, sa fille aime le prince, de l'autre, il redoute pour elle la légèreté de notre souverain ; car une indiscrète renommée a porté à son oreille le bruit de certaines aventures galantes, et le duc, pieux autant que le pape ! est de mœurs fort sévères. Pour tourner la difficulté, nous faisons de la diplomatie. Le comte Gaëtano Rossi que son Altesse sait être l'intime et le compagnon du prince, affecte lui-même les dehors de l'homme le plus vertueux, tout en disant qu'il se conforme aux bons exemples de son digne patron... c'est fort drôle pour qui connaît notre cher ambassadeur ! c'est pourquoi je ris sous cape... Mais, silence ! chère amie.

2

— Vous me faites injure ! s'écria Madame
Faliero ; à demain, méchante !

Madame de Laval se retira sans voir le railleur
sourire de la princesse Tolosi, laquelle ne l'avait
pas quittée des yeux pendant sa causerie intime
avec la marquise.

CHAPITRE II

LE SAUT PÉRILLEUX

Lorsque le comte Luigi partit pour sa téméraire expédition, la nuit, presque aussi froide que celle qui avait été si fatale au signor Orsini, était cependant plus belle. La lune brillait de tout son éclat dans un ciel sans nuages ; les étoiles, chargées de l'illumination de la soirée, s'acquittaient de leur devoir en conscience ; les rues étaient désertes. Le comte Luigi, dont la bravoure naturelle se doublait en ce moment des fumées du champagne pétillant de Madame Faliero, avançait d'un pas rapide et joyeux, l'imagination surexcitée, le cœur plein d'espoir.

Dissimulé dans les plis d'un vaste manteau de couleur sombre, le chapeau rabattu sur les yeux, et, caché dans sa ceinture, le traditionnel poignard de tout héros de roman qui connaît son métier, le comte Luigi arriva sous les murs de la maison mystérieuse, non, toutefois, sans s'avouer que son accoutrement était plutôt celui d'un bandit que celui d'un galant gentilhomme en quête d'aven-

tures. Il jeta manteau et chapeau sur la terre
gelée, passa un doigt léger dans son abondante
chevelure noire, et, tout fier de se retrouver avec
les avantages de taille et d'élégance dont dame
nature s'était montrée prodigue envers lui, il
avisa un des marronniers centenaires qui bor-
daient la promenade, et dont les branches dépouil-
lées par l'automne s'inclinaient presque jusque
sur le mur de ce nouveau jardin des Hespérides.
En deux bonds le leste praticien eut pris, sur une
branche souple mais solide, la place d'un écureuil.
De ce poste élevé, il hasarda un curieux regard
dans le camp ennemi... Partout les ténèbres, le
silence ; pas de géants, pas le moindre petit
dragon !

— Si la Toison d'or n'offrait pas, somme toute,
plus de périls que je n'en entrevois, ici ; à vanter
sa conquête, Jason n'était qu'un fat ! se dit le
comte d'un air capable ; et, saisissant la branche
d'un acacia qui élevait ses rameaux flexibles au
dessus du mur, il se laissa couler sans bruit dans
le jardin redouté.

Le premier pas est le seul qui coûte ! dit-on.
Enchanté du succès qu'avait obtenu le sien, le
comte, ne doutant plus d'être appelé à prouver
encore une fois la justesse de l'axiome du vain-
queur de Pharsale, avança hardiment dans les
allées tortueuses. Soudain, à travers l'enchevê-

trement du branchage, il vit briller une lumière au rez-de-chaussée de la villa.

Marchant avec précaution et se glissant comme un reptile à qui la légende de son congénère de l'Eden était familière ; stimulé d'ailleurs par un mobile non moins coupable que celui de son devancier biblique, dont les faits et gestes, la pomme aidant ! eurent des conséquences si tragiques pour la postérité, — le comte Luigi arriva sur la terrasse. Près de la maison, une fontaine versait ses eaux limpides dans un bassin en marbre du plus beau Carrare, et le murmure indiscret de sa naïade troublait seul le silence de la nuit. Par une fenêtre, imprudemment ouverte au rez-de-chaussée, on apercevait un salon désert, éclairé par la lueur d'une lampe Carcel recouverte d'un mystérieux abat-jour.

— Personne ! dit le comte en plongeant un avide regard dans le sanctuaire ; une fenêtre point close... une lampe allumée... serais-je par hasard attendu ?... Et, se rejetant en arrière, d'un geste plein de fatuité il secoua ses habits et donna un nouveau tour à ses cheveux dérangés par l'humidité nocturne, — précaution que Satan avait négligée et qui prouve les progrès de la civilisation depuis notre mère.

Le beau gentilhomme était fort tenté de croire que tous les obstacles de la maison mystérieuse, lesquels, d'ailleurs, ne pouvaient exister que pour le vulgaire, — ce « profanum vulgus » du chantre de Lydie, — allaient s'évanouir subitement devant lui, en sa qualité de chevalier préféré, ni plus ni moins que dans les contes de la féerie ou les fables épiques de l'Arioste.

— Ce labyrinthe, pensa-t-il en escaladant la fenêtre, me semble n'avoir rien de commun avec celui de Crète... Quoi ! pas même le mérite de faire le saut périlleux ! c'est vraiment trop facile !

Il sauta légèrement dans le salon et... ne put, malgré sa bravoure, et son dédain du merveilleux, retenir un cri de surprise, voire d'effroi.

Sous la pression inconsciente de sa main, un ressort venait de se détendre ; le téméraire était littéralement cloué à la fenêtre fatale, les bras et les poignets serrés et maintenus dans un étau de fer, les pieds pris de même et liés au sol.

Notre bel Amadis ausonien était tombé dans un piège à loups, habilement tendu et utilisé, pour le quart d'heure, en vue d'un animal.., quelconque !

— Allons ! à l'usage des voleurs ! des amants ! ou autres bêtes malfaisantes !... murmura Luigi, tout penaud. J'aurais dû m'en douter ! en amour comme à la guerre, la ruse doit être prévue : ils sont dans leur droit, et je ne suis qu'un écolier !

Un peu revenu de sa surprise, il essaya de se

dégager; impossible ! il fit de vains efforts pour
atteindre son poignard... le piége résista ; l'archi-
tecte avait travaillé en conscience... Jusqu'à
nouvel ordre, paralysé, annihilé dans tout son
être, le noble comte ne pouvait appliquer ses
quatre membres à aucun usage bon ou mauvais !

Alors, une inquiétude sérieuse s'empara du
jeune homme ; que faire ? attendre ? c'est le dernier de tous les partis auxquels on s'arrête à
vingt-cinq ans. D'ailleurs, la position n'était pas
tenable : les mains fines et aristocratiques du
captif devenaient noires et enflées, et ses bras lui
faisaient un mal infini. Aucun secours du dehors
ne paraissait possible. Crier ? — c'était appeler un
ennemi offensé et probablement redoutable ; cependant tôt ou tard quelqu'un devait arriver ; se
taire ? — c'était le supplicié prolongeant lui-
même son supplice. Puis, qui sait si le cerbère de
cette étrange demeure , caché derrière quelque
tapisserie, ne s'amusait pas à rire des angoisses
de sa victime ? A cette pensée, le rouge lui monta
au front. Il avait eu le temps de réfléchir aux in-
convénients de la curiosité. Mais coupable d'une
simple indiscrétion, après tout, disposé à se retirer pour peu qu'on l'y aidât, il pensa qu'on ne
pouvait point tirer une lâche vengeance d'un
étourdi humilié et offrant sa poitrine sans défense
au poignard du maître de ces lieux.

— Nous ne sommes pas en Turquie, que diable ! Ajouta-t-il à part lui ; d'ailleurs, mon amour-propre souffre trop de cette position de renard pris au trébuchet, et, dussé-je y perdre... la tête !

— Holà, quelqu'un ! se mit-il à crier d'une voix de stentor.

A cet appel, un pas léger frôla le parquet de mosaïque, la tapisserie glissa sur une tringle d'or, et l'apparition la plus redoutable pour un gentilhomme en position si critique, surgit à l'entrée de l'appartement.

C'était une femme d'une vingtaine d'années au plus ; d'une admirable beauté, de la tournure la plus distinguée, au port de reine, le front un peu blême peut-être, avec de magnifiques yeux noirs aux éblouissants éclairs. Les opulentes tresses de ses cheveux de jais, s'enroulaient sans ornements autour de la plus idéale des têtes qui se pût voir. Elle portait une robe de velours sombre boutonnée jusqu'à la naissance d'un cou de cygne ; toilette exquise, mais sévère ; point de bijoux, d'ailleurs, pour en rehausser la simplicité adorable. Une mélancolie profonde, qui se révélait dans ses moindres mouvements, semblait appesantir sa démarche. On eût dit qu'elle portait un deuil bien plus par le cœur que par les habits. Si cette créature tant mystérieuse n'avait

rien de la magicienne Circé, en revanche,
on l'eût prise tout de suite pour quelque souve-
raine déchue, plus imposante encore dans sa
pâle douleur que sous l'éclat du diadème !

A cette fulgurante apparition, le comte Luigi
se sentit le vertige, ce n'était rien que le danger...
il fallait subir le ridicule devant une femme... et
quelle femme ! Il eût voulu être à cent pieds sous
terre ; la lame d'un poignard lui aurait paru
moins acérée que le lumineux rayon de ses
prunelles noires.

Elle s'avança, majestueuse en sa tristesse, et,
s'arrêtant à quelques pas du coupable, elle lui
demanda avec dignité et d'une voix pleine de
mélodie :

— Que voulez-vous, Monsieur ?

La phrase était bien insignifiante ; mais quel
organe enchanteur ! Quel magnétisme dans ces
yeux nonpareils !

Luigi semblait pétrifié : jamais type féminin
plus accompli ne s'était offert à ses regards char-
més. Sous le prestige de cette beauté d'impéra-
trice, de cette distinction sans égale, il fit un
effort pour rompre ses liens et se prosterner
devant cette femme, qui paraissait si noble. Il
était tenté de l'appeler ; *Votre Majesté !*

Monsieur, reprit l'inconnue, d'un accent où vi-
brait la pitié indulgente, — si vous aviez la

moindre idée de tout le mal que me peut faire votre folle équipée de ce soir, je crois, je suis sûre que vous la regretteriez...

La bénignité de ce reproche, l'expression du mélancolique regard qui l'accompagna, allèrent droit au cœur du pauvre comte.

Oh ! si la terre pouvait s'entr'ouvrir ! murmura-t-il dans un élan de repentir sincère.

— Madame, dit-il sans chercher à dissimuler son émotion profonde, tout à l'heure je me plaignais de ces fers qui me brisent les membres ; à présent je les maudis, car ils m'empêchent de vous demander pardon à genoux !

Cet émoi violent, ce trouble immense de Luigi, causés autant par le sentiment de sa position inouïe que par les attraits, la grâce et le charme indicibles de la jeune dame, amenèrent, sur les lèvres de cette dernière, un sourire d'une tristesse navrante.

— Vous souffrez ?... reprit-elle, attendrie et douce ; ah ! j'aurais dû y songer plus tôt.

Et, de sa manche de velours noir dégageant son bras de neige, elle avança une fine main de duchesse vers le gland en perle d'une sonnette,

La porte s'ouvrit presque aussitôt ; un homme, que le comte reconnut à son costume pour être le terrible majordome, se précipita dans le salon.

Deux pistolets formidables ornaient sa ceinture. Luigi répéta tout bas son vœu, légèrement égoïste ! d'un tremblement de terre...

Un cri échappa au domestique, qui, les yeux étincelants, s'avança vers le prisonnier.

La jeune femme l'arrêta d'un geste.

— J'avais prié Monsieur de venir ce soir m'apporter une réponse pour une affaire importante, lui dit-elle avec un tact parfait et une bonté d'ange : sans y faire attention, il s'est approché de ce piège dont il ne soupçonnait pas l'existence, et en a détendu le ressort ; veuillez le dégager.

Luigi eut pour l'adorable inconnue un regard empreint de reconnaissance et de respect à la fois, — tel enfin qu'il l'eût adressé à une madone.

Le terrible dragon s'inclina, toucha le ressort de l'engin et le comte se trouva libre ; puis d'un coup d'œil désignant le téméraire, il adressa une muette interrogation à sa maîtresse...

— Retirez-vous ! fit-elle.

Il obéit sur le champ.

Luigi, délivré, se retrouva seul et face à face avec cette singulière personne, qui était si royalement, si chastement belle.

Autour d'eux, dans ce petit salon éclairé par la lueur tremblottante de la lampe, régnait un silence plein de frémissements. Le vent de la nuit, agitant les arbres dépouillés du jardin, leur ap portait des notes d'une sauvage harmonie ; tandis que les étoiles, allumées dans l'azur, semblaient curieusement suivre cette scène de leurs yeux d'or.

Certes, c'était pour le comte une merveilleuse aventure, décevante comme le rêve, et à laquelle il ne manquait ni le charme du mystère, ni le piquant du danger possible. Rien d'aussi parfait que cette inconnue ne s'était jamais présenté à son éblouissement ; et, pourtant, elle était si noble, si douce et si triste à la fois, qu'elle se trouvait mieux gardée en cette minute périlleuse, qu'elle ne l'eût été par tous les dragons des vieilles légendes eux-mêmes. Le respect, le regret profond de la douleur qu'il avait causée, enchaînaient Luigi beaucoup plus encore que le terrible piége ; invention assez ingénieuse, cependant !

Il demeurait debout, silencieux, incliné devant cette femme, sans savoir comment lui faire accepter les excuses qu'il lui adressait au fond de son cœur.

— Monsieur, dit-elle enfin, en lui montrant du doigt l'extérieur, l'espace, vous êtes libre ; — votre entreprise peut avoir des conséquences bien terribles pour moi... veuillez vous retirer.

J'obéis à votre ordre, Madame ; mais avant, daignez me permettre d'implorer mon pardon pour une folie très-coupable, assurément, mais, dont hélas ! je n'appréciais point toute la gravité !

Et il voulut plier un genou devant elle.

D'un geste rempli d'un ascendant irrésistible, elle l'arrêta.

— Si vous désirez que je croie à votre repentir, s'écria-t-elle, ne prenez pas la posture qu'ont les hommes lorsqu'ils veulent nous tromper.

— Bon ! pensa le comte, abasourdi : elle ne me souffrira point même à ses pieds !

— Si vous me dites simplement vos regrets,— me voici toute disposée à les admettre comme sincères, reprit l'inconnue. Je le sais, vous n'a-vez pas violé, de votre propre mouvement, le se-cret de ma demeure ; vous êtes le délégué de cette bande de jeunes fous qu'une curiosité, aussi sotte qu'impertinente, ligue contre une pauvre femme, dans le but de percer à jour un mystère bien indifférent pour eux, bien redoutable pour elle ! ils ne se doutent guère de tout le préjudice qu'ils lui peuvent causer !

Elle laissa retomber mélancoliquement sa tête sur sa blanche poitrine.

— Si j'ai attiré la foudre sur vous, Madame, répliqua Luigi, redevenu gentilhomme sans peur sinon sans reproche, — oserai-je vous offrir con-tre elle, en guise de bouclier, mon dévouement, ma vie ?...

Un sourire amer et railleur plissa les lèvres de la jeune femme.

— On occasionne souvent, Monsieur, des maux que rien ne peut réparer ; c'est ce que les hommes ignorent ou feignent d'oublier..., — votre vie ?.. vous n'êtes coupable envers moi que d'une simple indiscrétion, je ne puis vraiment, me montrer aussi exigeante ; tenez, votre offre si chevaleresque, je ne l'accepterais même pas, si, dans quelques jours, vous songiez, par hasard à me la faire encore....

— Je mérite ce langage sévère, interrompit le comte de plus en plus déconcerté.

Madame, soyez aussi bonne que vous êtes belle : daignez m'accorder un généreux pardon.

A ce compliment peu déguisé, une impatience étrange, nerveuse, secoua l'inconnue ; elle fronça ses noirs sourcils d'olympienne.

— Une flatterie ! fit-elle avec dédain ; n'est-ce point là, la panacée universelle dont usent vos semblables pour cicatriser les blessures d'une femme offensée ?.. Oui, croire à l'infaillibilité d'un grain d'encens pour guérir chez nous la douleur, — est une opinion essentiellement masculine ; j'en rougis pour vous tous ! Tenez, Monsieur, ajouta-t-elle brusquement, ne me parlez pas de ma beauté, — si vous voulez que je sois assez bonne pour excuser votre folie.

Elle s'avança vers la table et souleva la lampe d'une main agitée ; puis, revenant au comte, elle reprit :

— Votre dévouement ne peut rien pour moi.

Votre présence peut m'attirer, je le répète, un grand malheur ; veuillez vous retirer, — non par l'étrange route que vous avez prise pour vous introduire chez moi, mais par la porte de ma demeure.

Stupéfait, malgré lui ployé sous l'ascendant irrésistible de cette femme, le comte s'apprêtait à la suivre.

Soudain, elle se retourna vers lui.

— Monsieur, lui dit–elle avec une légère nuance de raillerie dans la voix, — je n'ai pas besoin de vous demander le silence le plus profond ; vous, me faisiez de si belles propositions de dévouement, que vous n'hésiterez pas, j'imagine, à sacrifier un amour-propre de jeune homme au soin de mon repos ?

En prononçant cette phrase, très-courtoise en apparence, les beaux yeux noirs de l'inconnue quittèrent le comte pour se reporter sur le piège de fatale mémoire !.... manière polie de lui qu'elle n'oubliait pas son entrée peu triomphale chez elle.

Luigi rougit et s'inclina sans répondre.

Il n'y avait pas de quoi être indiscret !

— Allons, murmura-t-il avec humeur, — de la malice et de l'esprit !... Lorsqu'on est aussi belle, on devrait être au moins bête ! ce serait une compensation !

La jeune dame avait ouvert la porte du salon et s'enfonçait dans un corridor plein d'ombre.

Luigi la suivit en faisant tout bas cette désagréable réflexion : — il est fâcheux que des manières si urbaines ne soient employées qu'à éconduire les gens !

Arrivée sur le seuil, la belle inconnue, de sa blanche main, tira sans bruit les nombreux verrous.

Puis, s'étant retournée vers le comte :

— Monsieur, lui dit-elle, vous voilà libre ; mais, avant de vous retirer, permettez-moi de vous adresser une seconde prière. Engagez les jeunes fous, dont les paris impertinents m'ont obligée à m'entourer de si bizarres précautions, à aller porter leurs hommages aux femmes gaies et coquettes, — heureuses sans doute ! — et dont la légèreté s'honore de les recevoir ; priez-les, Monsieur, de respecter désormais le mystère et la solitude qu'une pauvre femme fait servir de voile à ses larmes...

— Croyez, Madame, répondit le comte avec une vive émotion, que je saurai m'acquitter de la dette de reconnaissance que votre pardon géné-

reux me fait contracter envers vous. Mais les
dangers de votre demeure n'ont rien qui m'effraie ;
ce qui brise mon cœur en ce moment, c'est la
pensée du tort involontaire que je vous ai peut-
être occasionné.

— Je vous ai bien jugé, dit l'inconnue avec un
doux sourire, tandis qu'un lumineux éclair passait
dans sa prunelle : merci, Monsieur ! Maintenant,
oubliez cette soirée, — comme je le fais moi-même.

Le comte secoua la tête en soupirant.

Il eût, sans doute, désiré moins de générosité.

Les hommes ne sont jamais contents !

— Et, surtout, ne revenez jamais ! acheva-
t-elle avec le même sourire de sirène : ce serait
plus grave, cette fois ! Avouez qu'il est bien fâcheux
pour le genre humain que le paradis terrestre
n'ait pas été aussi bien défendu que ma retraite...

Luigi se précipita dans la rue. Alors, sûr, à
cette distance, de ne point offenser sa fière interlocutrice, il lui dit tout bas, tandis qu'elle s'apprêtait à fermer sa porte :

— L'accès de l'Eden eût-il été cent fois plus
difficile, le serpent y aurait pénétré si Eve eût été
la moitié aussi belle que vous ! !...

CHAPITRE III

TOUJOURS ! ET JAMAIS ! SONT SOUVENT SYNONYMES

Une étincelante matinée de fin d'automne avait dissipé les terreurs, comme les mystères de la nuit. Dans l'aile du palais mise par le duc de Modène à la disposition de l'ambassadeur du prince de Monaco et de sa suite, se trouvait un merveilleux appartement occupé par le premier secrétaire, Monsieur de Laval.

Murailles et meubles, tout y était richement capitonné de satin rose recouvert par des housses de blanche mousseline, aux délicates broderies.

Rien de frais, rien de charmant, de coquet et de poétique comme ce *buen retiro*, vrai nid d'amoureux ou d'époux en leur lune de miel ! Un soleil chaud à faire oublier le mois de Décembre, dardait ses brillants rayons à travers les vitres. De magnifiques camélias épanouissaient à l'envi leurs fleurs aussi belles qu'inodores, hélas ! autour d'une mignonne serre, où s'ouvrait l'appartement, et au milieu de laquelle, Monsieur et Madame de Laval déjeûnaient en tête-à-tête, sur un guéridon en mosaïque, avec des cerises confites et des biscuits à la crème : un véritable repas d'amants, ou de bengalis !

La charmante petite Madame de Laval, que nous avons à peine entrevue, était ce matin-là, plus gaie, plus sémillante que jamais. Enfoncée dans les coussins moëlleux d'une bergère, elle appuyait, câline, sur l'épaule de son mari, une délicieuse main étoilée de brillants, et, du bout de ses petites dents de rat, lui enlevait adroitement la moitié de chaque biscuit qu'il essayait de faire passer de ses doigts à sa bouche.

Un petit jeu adorable d'un couple qui s'adorait...

Monsieur de Laval ne paraissait pas précisément disposé à porter plainte pour ces nombreux larcins ; il suivait d'un long et tendre regard chacun des mouvements de la jolie espiègle.

— Eh bien ! Monsieur, demanda celle-ci, avez-vous bientôt terminé votre repas ?

Fi, que c'est laid ! de manger comme ça pendant si longtemps.

— Non, certes ! répondit Monsieur de Laval en retenant cette fois les doigts menus du lutin et les portant à ses lèvres : je veux manger quelque chose encore !

— Vous aurez l'estomac trop lourd, la digestion paresseuse, et, tout à l'heure, dans le cabinet de Son Excellence, votre cerveau sera comme votre estomac.

— L'idée est des plus polies !

— Non ; mais le conseil est prudent.

— Alors, il est de ceux qu'on ne suit pas.

— Monsieur, un diplomate ne doit se nourrir que d'air, d'eau, et... d'amour !

— J'accepte le régime... avec cette addition.

— Il est bien entendu, qu'en votre qualité de malade, je me charge, moi, de vous le faire observer.

— C'était convenu d'avance ; mais dites-moi si cette pensée économique est éclose, toute seule en votre folle tête, ou si elle vous a été suggérée par quelqu'un ?

— Oh ! les diplomates ! ils supposent toujours une arrière-pensée... c'est naturel : on juge les autres d'après soi.

Monsieur on ne fait pas de la diplomatie dans le boudoir de sa femme !

— Dans la crainte de se trouver battu ?

— Vous êtes plein de modestie, Monsieur.

— Et vous, vous abondez, ce matin, en sages maximes.

— Aussi, faut-il toujours m'écouter. fit-elle, avec un intraduisible sourire.

— Voyons, Madame, ma diplomatie met bas les armes devant vous...

— Cependant, Monsieur, vous êtes à bonne école pour recevoir d'excellentes leçons... tandis que moi...

— Les femmes n'en ont pas besoin.

— Pourquoi !

— Elles possèdent l'intuition !

Madame de Laval eut un frais éclat de rire.

— Parlez moi franchement, reprit le mari.

— Oh !.. fit la jeune femme avec un regard indéfinissable, je dirai la vérité. — comme lorsque je vous dis... je t'aime !

Mon bel ange, continua Monsieur de Laval, en baisant la main qu'il tenait encore, — si je ne me trompe, hier, le comte Rossi te parlait de moi?

— Lorsqu'il me parle, vous croyez que c'est de vous ?

Malgré sa promesse, Monsieur de Laval se prit à sourire... diplomatiquement.

— Eh bien ! de quoi vous plaignez-vous, alors ! répliqua-t-elle, avec une seconde édition du sourire : vous devez être parfaitement rassuré, ce me semble?

— Je le suis, parbleu ! puisque je vous confie mes intérêts les plus chers; mais... l'ambassadeur est-il toujours aussi ambitieux?

— Je le pense... dit Madame de Laval, dont

l'accent prouva derechef l'excellence des leçons prises à l'école de son mari ; il vise à la main de la princesse Maria de Modène... pour le prince de Monaco.

— Et ce trésor... d'un prix plus inestimable encore, vers lequel son audace, élève un profane regard ? ajouta doucement l'amoureux époux.

— Ah tiens ! Albert, s'écria la jeune femme, se levant tout-à-coup avec abandon et jetant ses bras autour du cou de son mari, — qu'il me fatigue et m'ennuie ! Que je voudrais savoir ce mariage conclu, pour retourner à Monaco ! Combien j'ai hâte d'y déposer ce sot ambassadeur entre les bras de son maître, pour aller recommencer, en notre riant cottage de la Corniche, notre douce vie d'autrefois ; voir le soleil s'incliner majestueusement, le soir, vers les flots bleus de cette belle mer, qu'il teint de pourpre et d'or, à l'heure bénie qui te ramène près de moi ; épier ta venue ; te presser, heureuse, enivrée, sur mon cœur palpitant, et, par les tièdes nuit embaumées, errer tous les deux le long des grèves d'argent, sous les orangers, aux odorantes étoiles, oubliant, et sans fin, enchantés par la divine image d'un bonheur, où le passé, celui des premiers temps de notre union, mêlerait ses radieux souvenirs, ses joies les plus ineffables !!

— Doux rêve ! murmura Monsieur de Laval

fixant la belle enthousiaste d'un regard humide ;
quand se réalisera-t-il et comment réussir ici ?

— Cependant, mon Albert, Maria de Modène,
je le sais, avancerait volontiers sa blanche main
vers celle que lui tend le prince de Monaco...

— Oui ; mais le duc... auquel un malin génie
semble prendre plaisir à susurrer toutes les fre-
daines de notre gracieux souverain, — sans
compter celle de ses trop légers sujets et amis ?...

— Aussi, la gravité et la raison semblent-elles
se partager tour-à-tour notre cher ambassadeur,
en public..., et j'en ris !

— Tant mieux ! Estrella ; prends en gaiement
ton parti, attendu que cet état de choses peut
durer longtemps encore. Le prince suit ton exemple, il est amoureux et entêté : deux vilains dé-
fauts !

— Voulez-vous que je me corrige du premier ?
— demanda la jeune femme d'une voix de sirène.

— Et, en attendant, continua Monsieur de Laval,
qui souriait, nous voici cloués à Modène... ou
bien... nous emmènerons la princesse Maria.

— Oh ! que ne suis-je diplomate !... s'écria
Madame de Laval, mutine, en frappant le sol de
son petit pied.

— Son excellence le comte Gaëtano Rossi ! —
annonça un domestique.

— Encore ! murmura le secrétaire, qui se leva

pour saluer son patron, avec un empressement où se dissimulait une pointe de mauvaise humeur.

L'ambassadeur du prince de Monaco était un fort beau jeune homme, mis avec une rare élégance, et d'une parfaite distinction.

— Mon cher, dit-il en tendant la main à son secrétaire, après s'être incliné devant Madame de Laval, veuillez m'excuser si je vous dérange ainsi : mais j'ai une dépêche qui ne souffre pas de retard.

— Je suis prêt à vous suivre, Monseigneur.

— Non ; passez dans mon cabinet ; vous l'expédierez vous-même ; je vous répondrai tout à l'heure. J'ai à voir le duc, — lorsque cependant j'aurai fait ma cour à Madame de Laval, ajouta galamment le noble comte : je dois lui demander pardon de vous enlever à votre intéressant tête-à-tête..,

— Oh ! Monseigneur ! Madame de Laval sera tout heureuse d'un tel dédommagement, s'écria le mari, d'un air enchanté.

On sait que la parole fut donnée à l'homme pour lui aider à déguiser sa pensée. L'art avait fait de Monsieur de Laval un diplomate ; la nature bonne mère à ses heures, l'avait créé mari adroit.

Il se leva avec autant de naturel que de courtoisie, prit la dépêche, salua le serpent qui s'introduisait si adroitement dans son paradis, et s'approcha sans affectation de sa femme.

— Que je serais inquiet ! lui dit-il à voix basse en lui baisant la main, — si je ne vous savais autant d'esprit que de cœur.

Le regard par lequel Estrella répondit, valait mieux qu'une promesse.

Monsieur de Laval sortit rassuré et put appliquer une parfaite liberté d'esprit à l'expédition de sa lettre.

La jeune femme s'était replacée sur les coussins de sa bergère.

— Vous n'êtes point venue au cercle du duc, hier, Madame ? lui demanda l'ambassadeur.

— Combien vous êtes bon de vous en être aperçu ! répondit railleusement Madame de Laval ; en effet, Monsieur le comte, j'étais souffrante.

— Vraiment ? fit le don Juan, dont les traits exprimèrent la plus touchante sollicitude ; permettez-moi cependant de vous dire que vous n'avez jamais été ni plus fraîche, ni plus rose que ce matin : vous êtes la plus belle fleur de votre serre !

— Aussi, n'est-ce pas tout-à-fait en ma personne que je souffrais ; mais cela revenait au même.

— Comment cela ?

— Monsieur de Laval ayant sa migraine, j'étais

malade de son mal : il souffrait par la tête et moi par le cœur !

— Une migraine ! s'écria Satan désappointé ; c'était vraiment bien la peine de vous retenir auprès de lui...

— J'étais si heureuse de le soigner !

— Il faut qu'il soit bien égoïste.

— Eh non ! Monsieur ; il me rendait mes soins en complaisances, en douces paroles. D'ailleurs, la tendresse d'un bon mari ne vaut-elle pas mieux que toutes les soirées du monde ? Il est si parfait ! il m'aime tant !

Et Madame de Laval se faisait toute rayonnante sous cette auréole qui est une suprême égide pour les femmes : l'amour de leur mari !

Le meilleur capitaine peut être battu, assure-t-on : Le comte se souvint de cet axiôme des gens de guerre, et se l'appliqua en guise de consolation.

— Vous avez une toilette ravissante ! dit-il, après un moment de silence.

— Oh ! Monseigneur, un vrai négligé.

— Vous le parez !

Seulement, il y manque quelque chose : une fleur ! Il n'est pas d'ornement plus gracieux ; ajoutez-y un de ces beaux camélias.

Et le comte, se levant, fut cueillir un magnifique camélia blanc, le roi de la serre.

— J'en ai déjà un, dit vivement la jeune femme,

en prenant tout près d'elle un camélia rouge
ardent : — Monsieur de Laval me l'a offert tout à
l'heure.

— Si je pouvais espérer, reprit doucement
l'ambassadeur en revenant vers elle, — que vous
daignerez conserver celui-ci en souvenir de moi?..

— Oh ! certainement, Monseigneur, dit Madame
de Laval en fixant sur son sein le camélia de son
mari : — pour mieux conserver le vôtre, je vais
le mettre... dans l'eau.

Et elle plaça la fleur dans un magnifique vase
de Sèvres.

La descendante d'Eve avait fait des progrès.

— On n'est ni plus spirituelle, ni plus méchante !
murmura le serpent de sa voix la plus insidieuse.

— Toujours cruelle !

— Toujours...

— Vous ne voulez donc pas croire à mon
amour ?

— Dieu m'en préserve, Monseigneur !

— Suis-je donc redoutable ?

— Non ; mais vous traitez les femmes... comme
les papillons, les fleurs.

— Mettez ma constance à l'épreuve.

— C'est moi qui y serais !

— Essayez de grâce ?

— Eh bien, Monsieur, je vous demanderai,

comme aux anciens preux, dix ans de servage
volontaire !

— Et après ?...

— Après... j'aurai des hommes en général, et
de vous en particulier, un peu moins mauvaise
opinion... et ce sera tout... Que voulez-vous,
Monseigneur, ce n'est pas ma faute si j'aime mon
mari !

— Mais c'est absurde ! C'est ridicule ! s'écria
le compte, stupéfait ; c'est bourgeois !

— Précisément ! continua la jeune femme avec
le plus grand sérieux ; j'ai été élevée à Paris, eh
bien ! devinez ce qui j'y ai le plus admiré ?...

— Versailles ?... le Panthéon ?... la Sainte-
Chapelle ?...

— Oh non ! — Les mœurs bourgeoises de la
rue Saint-Denis ! Je suis pour l'affection conju-
gale, pour un petit ménage bien simple, bien
tranquille, et dont la lune de miel, toujours sans
nuages, brille dans un ciel toujours bleu !

— Ainsi, vous aimerez Monsieur de Laval...

— Toujours.

— Et vous en êtes aimée ?

— J'espère bien l'être *toujours*.

— Dieu ! que ce mot est impatientant !

— Et je lui serai fidèle à *jamais* ! ajouta en
riant la charmante railleuse ; vous savez que ces
deux mots. si différents, peuvent quelquefois être

synonymes. Je pense que vous allez être satisfait ; vous vouliez une variante !

— De pensée ?

— Bah ! vous préférez encore la forme, vous ; tenez, Monseigneur, j'ai une ambition...

— Que n'est-elle réalisable !

— Je voudrais être le prince de Monaco.

— En règneriez-vous davantage ?

— Moins, peut-être ; mais je pourrais alors récompenser votre mérite.

— Comment cela ?

— Oui, Monsieur ; pour une homme de cette valeur, vous n'êtes pas à votre place, dans une petite cour comme celle de Modène.

— Et où me mettriez-vous ?

— A la *Porte*...

— Ah !... s'écria l'ambassadeur ; — petite exclamation qui exprime tant de choses.

— A *la Sublime* ! Je vous réserve le nec plus ultrà du genre, Monsieur le comte.

— Pourquoi pas ? — Si vous deviez siéger au Divan... répondit le diplomate avec un fin sourire.

— La couturière de la Signora ! annonça une camériste en entre-bâillant la porte.

— Place aux secrets de la toilette ! reprit le comte en se levant ; je me retire, Madame.

— Sans rancune, Monseigneur ? demanda-t-elle avec un geste charmant de prière et de grâce, en lui tendant sa blanche main.

— De quoi pourrais-je vous en vouloir? de ce que vous n'êtes pas universelle? Vous possédez tous les agréments ; un charme sans égal, l'esprit le plus délié ; il ne vous manque qu'un peu de cœur, à mon avis, et encore ce n'est peut-être pas l'opinion de tout le monde... je ne puis pas exiger que vous soyez parfaite... pour moi.

Là-dessus, l'ambassadeur porta avec respect et courtoisie à ses lèvres les jolis doigts aux ongles roses de Madame de Laval, s'inclina devant elle et sortit.

Le soir au cercle de Madame la Marquise, on entoura beaucoup le héros de la nuit. Ce fut à qui se disputerait ses confidences ; mais les belles curieuses comptèrent sans leur hôte.

La dignité de la dame noire, sa beauté régulière et parfaite, à la fois si majestueuse et si simple, sa grâce touchante et sans coquetterie, le danger mystérieux qu'elle semblait redouter, avaient produit une profonde impression sur le comte Luigi. Ce n'était pas de l'amour, il y avait au front de cette femme une auréole de pureté qui écartait les hommages ; mais l'intérêt qu'elle lui avait inspiré s'augmentait encore en lui, de la crainte des périls que sa folle équipée pouvait attirer sur sa tête charmante.

Ce fut donc d'un air grave, et non sans émotion dans la voix, qu'il répondit aux questions sans nombre qu'on lui adressait de toutes parts :

— Messieurs, par un sot espionnage, nous avons offensé une femme dont la beauté mérite notre admiration, dont la noblesse commande nos respects à tous. En la désignant à l'attention publique, nous la vouons à d'irréparables malheurs. Comme vous, plus que vous peut-être, j'ai été coupable envers elle, et, à ce titre, cette nuit, je lui ai demandé pardon à genoux, et pour vous et pour moi, de notre commune indiscrétion. Elle me l'a accordé, en exigeant la promesse de respecter, à l'avenir, le mystère dont elle est contrainte de s'entourer. Il faut cesser une poursuite dont je comprends à cette heure toute l'inconvenance.

Messieurs, une étrangère réclame votre hospitalité ; une femme s'adresse à votre courtoisie... je me suis engagé, et vous ratifierez, j'en suis sûr, la parole que je lui ai donnée, moi, au nom de nous tous.

L'assemblée se récria... On voulut au moins quelques explications sur l'entrevue de la nuit.

dont nul ne pouvait accepter, telle quelle, l'étrange issue. Les jeunes gens prononcèrent le mot de de « Majesté déguisée », en complimentant Luīgi de ses « royales amours ». Les regards du comte et le ton avec lequel il répliqua, imposèrent aux plus hardis, Les femmes le circonvinrent de leur mieux : il refusa avec politesse, mais non sans fermeté.

— Et votre serment d'hier, Monsieur ? réclama Madame de Laval, superlativement intriguée.

— La promesse que je vous ai faite à vous, Madame, répondit simplement le comte, n'avait pour but que la satisfaction d'un caprice ; celle que j'ai faite à la dame inconnue intéresse son repos, son bonheur. Décidez vous-même... Laquelle faut-il tenir ?

— Au moins, s'écria l'une des plus indiscrètes, dites-nous si elle est jolie ?

— Elle est belle entre les belles, Madame, répondit le jeune homme sans sourciller.

La curieuse mordit sa lèvre rose.

— Comte, supplia Madame Faliero, ne dites rien à ces Messieurs, ce sont des bavards ; mais nous !... soyez tranquille !... vous pouvez vous fier à nous... nous serons muettes.

— Je n'en doute pas, fit le comte en riant ; je suis trop sûr de votre discrétion pour vouloir vous en demander une preuve.

— Pas de mauvaise défaite ! parlez, *mio caro*.

— Marquise ne me l'ordonnez pas, je vous en conjure...

— Allons, chère amie, intervint Madame de Laval, laissez Monsieur le comte faire tout à son aise le mystérieux, le paladin féal... ; qu'il garde son secret, je me charge de le découvrir, moi. Il a promis de délivrer l'inconnue des poursuites de ces Messieurs ; mais il ne peut m'empêcher de tenter à mon tour l'assaut de la maison magique.

— Si vous saviez à quoi vous vous exposez ! lui souffla le comte, — qui avait grand peine à comprimer un accès de fou rire, à l'idée de sa récente mésaventure ; comme vous le dites, c'est une maison enchantée....

— Vous ne me guiderez pas, même par un simple avis, à travers ces dangers ? demanda la petite femme, les yeux brillants de résolution.

— Impossible ! je vous signale le péril, il m'est interdit de vous en préciser la nature.

— Qui sait ? dit tout à coup la princesse Tolosi, laquelle, un railleur sourire aux lèvres, avait écouté toute cette conversation sans y prendre part ; Madame est peut être désignée par le destin pour venir à bout de l'entreprise... Dans ce cas, tous les obstacles s'aplaniront devant elle.

— Qu'importe, je suis décidée à suivre mon inspiration, s'écria la jolie curieuse.

— Et vous réussirez... lui glissa tout bas la princesse; c'est moi qui vous l'affirme.

Ni l'ambassadeur ni son secrétaire n'assistaient à cette réunion. Toujours assidus au cercle du duc, ils ne s'étaient pas fait présenter chez Madame Faliero.

En manifestant son hardi dessein, Madame de Laval s'était levée et se disposait à quitter le salon, mais les singulières paroles de la princesse la retinrent. Feignant de la saluer, elle lui demanda à voix basse :

— Que voulez-vous dire?

— Que *vouloir c'est pouvoir* ! répondit très-bas Madame Tolosi. Voulez-vous toujours?

— Plus fermement que jamais.

— Eh bien, demain vous irez conquérir le rameau qui vous livrera ce secret.

— Où dois-je me rendre?

— Chez moi, à dix heures du matin, fit la princesse.

CHAPITRE IV

DU GENRE DE SACRIFICES QUE LE COMTE GAETANO ROSSI OFFRAIT AUX DIEUX

Madame de Laval, future héroïne de ce nouveau conte de fées, n'en dormit pas de la nuit. Inutile de dire que Monsieur de Laval apprit la cause de l'agitation qui faisait faire des bonds de gazelle à la jeune femme. Il n'occupait pas le poste de secrétaire intime auprès de l'ambassadeur seulement : Albert était un mari trop aimable pour que sa jolie compagne eût des secrets pour lui.

Les dernières vibrations de la dixième heure retentissaient encore dans l'espace, et déjà Estrella, le cœur bondissant, se faisait introduire, en compagnie de dame *Curiosité*, dans le palais de la princesse Tolosi.

La princesse vint au-devant d'elle avec un air de mystère fort solennel.

— Etes-vous toujours en veine de bravoure ? lui demanda-t-elle, dès que le domestique se fut retiré.

— Disposée à défier les plus terribles enchantements! répondit en riant Madame de Laval.

— Ainsi-soit-il! ajouta la princesse en ouvrant une porte dissimulée dans la boiserie. Elle la prit par la main et la fit entrer en un discret boudoir, dont les hautes fenêtres tendues de mousseline blanche et de taffetas bleu de ciel, ne laissaient pénétrer dans ce sanctuaire qu'une sorte de demi-jour doux et voilé, propre à la rêverie ou aux tendres confidences. Deux jeunes dames étaient seules au fond du boudoir, assises toutes deux sur le même sofa, les mains enlacées dans une pose ravissante d'abandon et de grâce. Dans la première, Madame de Laval reconnut la marquise Faliero; l'autre était cette énigmatique inconnue, dont l'admirable beauté et la noblesse sans égale avaient produit une si vive impression sur le comte Luigi.

— Anita! s'écria Madame de Laval en se précipitant dans les bras de cette dernière, l'une de ses meilleures amies du Sacré-Cœur, et qui lui rappelait tous ses ressouvenirs d'enfance.

— Ma bien-aimée! fit la charmante femme, lui rendant avec effusion ses caresses, — je te retrouve après une si longue séparation! oh! que je suis heureuse!

— Etait-ce là le monstre dont vous m'épouvantiez?... demanda Madame de Laval en se

retournant vers la princesse Tolosi ; que je vous
sais gré de cette tant douce surprise !

— Vous n'êtes pas au bout !

— Madame s'amuse à nous faire du mystère,
dit la marquise Faliero ; comme la vôtre, ma toute
belle, ma bravoure a été convoquée pour détruire
les sortiléges de la villa redoutable. J'arrive au
rendez-vous avec les idées les plus belliqueuses,
et je vois... qui ?... notre compagne, notre adorée
Anita !

— En toutes choses il faut considérer la fin,
prononça Madame Tolosi en souriant ; je ne suis
pas la première à le dire ! un peu plus tard, peut-
être comprendrez-vous, Mesdames, que j'avais
grand besoin de votre gracieuse obligeance...
Mais, puisque vous voilà retrouvées, consacrez
quelques minutes à l'affection. Vous ne vous êtes
plus revues depuis votre sortie du pensionnat,
que de choses vous devez avoir à vous dire ! que
d'événements ont suivi l'heure qu'on pourrait
nommer : votre entrée dans la vie !

— Dans celle du monde, tout au moins, ajouta
la belle Anita avec un rêveur sourire. A l'exemple
des héros qui retournaient enfin au port, après
une traversée pleine d'orages, nous devrions, ô
mes chéries ! nous raconter nos aventures...

— L'idée est bonne, dit la princesse. Nul, ici,
ne peut vous entendre ; seule, l'amitié écoutera les

petits secrets de nos âmes : parlez donc à cœur
ouvert.

— Oh ! fit avec vivacité Madame Laval, il sera
bien vite feuilleté devant vous, le cher roman de
ma tranquille existence...

En quittant le Sacré-Cœur, où je vous laissais,
mes amies, pour aller rejoindre ma famille à
Monaco, j'emportais, au fond de ma pensée, une
image dont les joies de la patrie ne purent
affaiblir en moi l'impression. Ma tante, la comtesse Mariana habitait Paris depuis longues
années ; ses brillants salons étaient le rendez-
vous d'une société élégante et choisie. Les jours
de congé, ma tante m'envoyait prendre, et plusieurs fois j'avais rencontré chez elle Monsieur
Albert de Laval, que je n'avais pu m'empêcher
de trouver fort aimable, et à qui, amour-propre
à part, je croyais n'être point absolument indif-
férente. Ces petites causes eurent de grands effets.
Je quittai Paris à regrets et demeurai fort triste à
Monaco, quand Monsieur de Laval arriva tout-
à-coup. Notre prince venait de le nommer secrétaire de son ambassadeur, Monsieur le comte
Gaëtano Rossi. Mes parents furent instruits des
sentiments que nous éprouvions l'un pour l'autre ;
ils lui accordèrent ma main.. J'ajouterai que je
suis la plus heureuse des femmes !

Quelques semaines plus tard, Monsieur Rossi

était envoyé à la cour du duc de Modène. Nous dûmes nous arracher aux délices de notre pittoresque Capoue de la Corniche pour accompagner le comte, qui, soit dit en confidence, s'est épris en mon honneur de la plus ébouriffante passion. A la lettre, il se meurt d'amour pour moi, — dit-il...

— Ce n'est pas une raison pour l'en croire, — interrompit la princesse.

— J'aime trop mon mari pour empêcher le trépas du soupirant, continua la jeune femme ; mais je suis ennuyée : d'abord parce que mon Albert a de l'humeur ; ensuite, — parce qu'à moins d'être juge criminel de profession, il est pénible d'avoir à prononcer un arrêt de mort..

— Les hommes ne meurent point d'amour ! fit avec un soupir la belle Anita.

— Ce sera une question éternellement débattue, ajouta la princesse : il y a des exemples pour et contre ; cependant, en thèse générale ! Mesdames, votez pour la cruauté ; c'est là une règle à laquelle il est prudent de ne pas faire d'exception.

— Moi, Mesdames, reprit la marquise de Faliero, j'ai, par des moyens opposés, atteint le même but que votre chère Estrella. J'ai fait ce que l'on nomme un mariage de *raison*, et je suis parfaitement heureuse : ce qui prouve en faveur de l'un et de l'autre système.

— Comment ! dit la princesse Tolosi (avec un

de ces regards que feu d'*Arlincourt* prête au *Soli-
taire*, lequel, d'après le célèbre romancier : voyait
tout, savait tout, était partout...,) voilà votre
histoire, Octavia ? Pas le moindre petit incident
romanesque ?

— J'allais vous parler de celui qui se produit
depuis quelques jours seulement, répondit la
marquise en rougissant un peu.

La semaine passée, la nuit commençait à descendre, j'avais sonné pour avoir de la lumière, et
je m'étais avancée vers mon balcon pour y prendre
un vase de fleurs que je désirais soustraire à
l'humidité de la soirée, — lorsque je vis, debout
en face de mes fenêtres, un individu de bel extérieur, grand air et taille élégante, enveloppé dans
le traditionnel manteau des héros de roman,
lequel fixait sur moi ses yeux brillants et profonds.

Etonnée de sa persistance, je le regardai...
machinalement. Alors il éleva vers moi une lettre
avec un geste suppliant. Je me hâtai de rentrer
dans ma chambre, en fermant la croisée sans
retard. Le lendemain, à la même heure, je vins
reprendre mes fleurs : l'inconnu était au même
endroit ! Je disparus plus vite encore que la veille,
et, depuis mon balcon est demeuré hermétique-
ment clos. Mais j'ai fait un petit compromis entre
m curiosité et les convenances ; et un petit coin
du rideau, soulevé discrètement, m'a permis,

chaque soir, de surprendre mon individu à la
même place. Il arrive avec une exactitude d'hor-
loge et reste avec une patience de statue vraiment
inquiétante. Je n'ose plus sortir seule !

Et, comme elle s'arrêtait sur son point d'exclamation :

— Ma chère Octavia, dit Anita, à son tour,
votre Odyssée et celle de notre amie sont loin de
ressembler à la mienne ; heureusement... J'ai
quitté le Sacré-Cœur, ce doux asile de nos peines
comme de nos joies enfantines, pour rejoindre, à
Monaco, une vieille parente, tout ce qui restait de
ma famille, hélas ! Vous le savez, la fortune ne
m'a pas prodigué ses faveurs... Le noble nom de
mon père est demeuré mon unique dot. Je vivais
donc là dans une solitude quasi complète lorsqu'un riche et beau seigneur se présenta à ma
parente, lui rappela qu'il était le fils d'un ancien
ami de mon père, et la supplia de lui permettre
de venir la voir quelquefois. La pauvre bonne
femme ne se doutait guère de la perfidie, qui, de
même que le serpent sous les fleurs, se cachait
sous sa parole dorée. En effet, il mit tout en œuvre
pour me séduire. J'étais sans expérience, triste,
isolée..., ne voyant qu'à travers cette fraîche cou-
ronne d'illusions qui s'appelle la jeunesse ; éblouissant diadème, dont chaque jour de la vie mutile
ou fait choir quelque fleuron d'or !... J'ai dit qu'il

était beau, lui ; de plus, étant aimable, il me
paraissait bon ; je l'en crus et ne tardai pas à
l'aimer de toute mon âme ! Alors il me supplia
d'avoir foi en son honneur, en son amour : —
fuyez avec moi, me disait-il, et je n'aurai pas
assez de ma vie entière pour vous remercier, pour
vous bénir d'un tel sacrifice. Je refusai. Il objecta
mon manque de fortune, le mécontentement d'une
famille puissante qui s'opposerait à notre mariage
et dont le temps seul pourrait diminuer les préju-
gés.

Il faut qu'une femme ait passé par de bien dures
épreuves pour croire à la perfidie, à la lâcheté,
surtout, de l'homme qu'elle se plaît à voir sous le
prestige des plus attrayantes et des plus nobles
qualités. Désolée, je résistais cependant à toutes
ses prières, alors, mû sans doute par le dépit et la
passion, il me proposa un mariage secret, s'enga-
geant à le rendre notoire, aussitôt qu'il le pourrait
sans irriter ses parents et compromettre son
avenir. Vaincue par ses larmes, gagnée par une
tendresse qui me semblait si vraie en ce moment,
je fus assez faible pour me rendre à ses vœux.

Notre union fut consacrée dans une petite chapelle, sur le bord de la mer ; après la cérémonie,
je revins chez ma parente, laquelle ignorait tout.
Mon mari me fit jurer un silence absolu : chaque
jour, il venait me voir dans une chaumière située

non loin de ma maison ; et, pendant quelque
temps, malgré l'étrangeté de cette manière d'a-
gir, je pus m'illusionner sur ses sentiments à
mon égard. Il paraissait toujours fort épris ;
cependant mes instances demeuraient vaines, il
restait inébranlable, et, le voyant prêt à se mettre en colère dès que je lui rappelais sa promesse,
je n'osais plus en réclamer l'accomplissement.
Mon triste bonheur dura peu... Bientôt mon mari
mit un plus long intervalle dans ses visites ; puis
il les abrégea, prétextant la surveillance de sa
famille, à laquelle on avait donné l'éveil. A toutes
mes prières, il répondit que divulguer notre mariage c'était perdre sa position ; qu'il me deman-
dait une preuve de mon dévouement... *une seule!*
Je me tus ; je dévorai mes larmes... il n'en fut
point touché. Près de moi, son impatience devenait visible ; je pus me convaincre qu'une nouvelle passion occupait le cœur de mon volage
époux. Cet amour mystérieux dont il m'avait
tant vanté les charmes ! il semblait n'y plus penser que pour s'en exagérer les périls. Enfin, au
bout de quelques mois de cette navrante existence,
qui avait brisé mes forces, et mon cœur, mon
mari partit un soir en m'annonçant qu'il ne re-
viendrait pas de deux ou trois jours : une affaire
de la plus haute gravité devait le retenir à Monaco.

Les journées s'écoulèrent, pleines de larmes et d'angoisses. Au moment convenu pour son retour, je courus épier son arrivée sur la route : mes yeux brûlés par les pleurs le cherchèrent en vain dans les sinuosités de la montagne ! Depuis, chaque jour, quand sonnait l'heure de l'espoir délirant et de la déception amère, hélas ! — je fus l'attendre de même... mais celui qui, six mois auparavant, prétendait ne pouvoir vivre sans moi, je ne le revis plus !

— Le misérable ! s'écrièrent les trois jeunes femmes, — le perfide ! le traître !

— Il ne lui manque qu'un avantage pour ressembler au phénix, dit tranquillement Mme Tolosi : c'est d'être le seul en son espèce....

Les trompeurs devraient avoir la langue coupée ! fit Octavie dans sa chaleureuse indignation.

— Punir ainsi tous les traîtres, — ce serait trop de besogne pour le bourreau !... ma chère.

— L'abandonner ! — après l'avoir séduite à force de prières, de larmes !

— Cette façon d'attirer les victimes, observa la princesse, est commune aux hommes et... au crocodile.

— Et, depuis, ma douce amie, demanda Mme de Laval en prenant avec effusion la main de la victime, — pas un mot ? pas une marque de souvenir ?

— Hélas! Après six mois de lettres d'amour, il s'est tout-à-coup avisé de trouver que rien n'est compromettant comme la correspondance.

— *Après!...* ajouta la princesse ; la réflexion était sage, encore que tardive ; rien n'est circonspect comme l'égoïsme.. Prenons-en notre parti, Mesdames : les hommes seront toujours plus prudents que nous !

— Alors, Anita, tu ne t'es point mise à la poursuite du coupable? tu ne t'es pas attachée après lui comme le spectre vengeur du remords?

— Que pouvais-je faire? je n'avais aucun acte, aucun papier ! le prêtre qui avait béni notre union, sans doute vendu, s'était hâté de disparaître ; je ne possédais aucune preuve, hélas!...

— Mesdames, interrompit la princesse Tolosi, — avant de vous narrer aussi mon histoire, laquelle servira de complément à celle de Madame Anita, je vous invite à prendre place à cette croisée ; et, ce disant, elle indiquait une fenêtre de son boudoir ouvrant sur la rue. — Cachées derrière la draperie, vous allez voir passer le cortége du duc de Modène. Notre bon souverain, fort dévot, comme vous le savez ! va ce matin à la cathédrale demander au ciel une heureuse inspiration, touchant le mariage de sa fille et la réponse à faire au prince de Monaco. Toute la cour l'accompagne ; et je ne veux pas chère Madame de Laval, vous priver du plaisir de voir votre mari avec son ambassadeur...

Encore sous l'influence des sentiments qui venaient de les agiter, les trois jeunes femmes, se mirent, sans présenter d'objection, à la fenêtre désignée. La princesse demeura un peu en arrière.

Elle avait été bien informée de l'heure de la cérémonie, la princesse. En effet, le cortége du duc commençait à défiler : d'abord les gardes, puis les grands officiers, enfin le duc et les dignitaires de sa cour, et, parmi eux, M. de Laval à côté de l'ambassadeur.

— Mesdames, dit soudain Estrella, qui, à la vue de ce dernier, ne put s'empêcher de rire en pensant à sa confidence, — je vous présente son Excellence, Monsieur l'ambassadeur comte Gaëtano Rossi !

Mais, au même instant, deux cris simultanés couvrirent sa voix.

— Mon inconnu mystérieux !... exclama Mme Faliero.

Mon mari !!... fit Anita d'un accent impossible à rendre ; et elle porta en pâlissant la main à son cœur....

N'est pas diplomate qui veut !

La foudre semblait être tombée sur les trois femmes.

— Eh bien ! Mesdames, dit tranquillement la princesse Tolosi avec son étrange sourire : — C'est un *archi-traître...* voilà tout.

Ne vous troublez pas ; on en rencontre tous les jours !.... Pardonnez-moi l'émotion pénible que je vous ai causée, ma chère Anita, poursuivit-elle en prenant affectueusement la main de la jeune épouse. Cette nouvelle preuve de perfidie était nécessaire à l'acceptation, par vous, des projets que j'ai en tête... Vous aimez si fort le volage, qu'il vous eût été impossible, sans elle, de vous décider à punir !

— Comment ! Anita, tu aimerais encore cet infidèle, s'écria Mme Faliero?

De grosses larmes roulaient dans les yeux d'Anita.

— Ma cruauté devait causer son trépas ! murmura Mme de Laval... heureusement !...

Votre philanthropie doit être à présent rassurée, je suppose?...

— Ingratitude ! Oubli ! Dédain ! Trahison ! ! voilà le prix de ma tendresse... fit tristement la belle comtesse Rossi. En vérité, je suis induite à la croire : Lorsque mon mari sent qu'il doit un holocauste pour apaiser la colère des Dieux irrités, il brise un cœur de femme et le leur offre en sacrifice !

— Chut ! Ma chère ; ne faites point connaître

5

cette façon d'acquitter des dettes envers la divi-
nité : vous risqueriez d'accroître encore le nombre
de cette catégorie de débiteurs ! Ils sont déja
assez nombreux !

— Cet homme n'a pas de cœur !

— Au contraire.... il en a trop ! et, comme
l'excès même du bien est un mal, nous allons l'en
guérir par une petite leçon qu'il n'oubliera pas
de sitôt.

— Me venger !.. dit Anita de sa voix d'ange ;
oh ! que j'aimerais mieux pardonner !

— Et c'est ce qui aura lieu... soyez tranquille !
En dépit de votre radieuse jeunesse, — cela faisant, — vous agirez en femme d'expérience et
d'esprit. Absoudre le passé en faveur de l'avenir,
c'est là le parti le plus sage. D'ailleurs, quand
on les aime, ne faut-il pas savoir mesurer pour
eux sa miséricorde à celle de l'évangile ?

Donc, chère amie, conformez-vous aveuglé-
ment à mes conseils, et laissez-moi faire.

Mais, je vous dois, Mesdames, le mot de l'énigme , poursuivit la princesse ; il vous reste à
connaître le motif de ma vengeance personnelle
dans tout ceci ; écoutez-moi :

Il y a quelques années, je vivais heureuse sous
le beau ciel de Naples avec mon époux, noble et
digne cœur qui m'aimait passionnément ; mais
avec une jalousie frénétique.

Le comte Rossi vint à Naples ; il me remarqua, et, suivant sa louable coutume, se mit en frais de galanteries pour moi. Après quelque temps d'une cour que j'affectais de ne point remarquer, outré de mon indifférence, il gagna à prix d'or un de mes domestiques, s'introduisit un soir dans mon palais et eut l'audace d'arriver jusqu'à l'appartement où je me trouvais seule. Cette folle tentative reçut l'accueil qu'elle méritait. Je me disposais à faire jeter par mes valets le téméraire à la porte, lorsque, par malheur, le prince Tolosi apparut.

Je vous l'ai dit : il était jaloux à l'excès, et cette terrible passion ne lui permettait point de juger avec sangfroid. Les apparences l'abusèrent : malgré mes protestations, malgré mon désespoir, il me crut coupable.

Le lendemain, il se battit avec le comte et fut tué !.... il mourut en m'accablant d'une malédiction injuste !

Nonobstant ses efforts pour la retenir, une larme brûlante roula sur les paupières de la princesse. Elle reprit : — Dans le paroxysme de ma douleur et de ma rage, j'aurais voulu pouvoir ressusciter les temps où le poignard et le poison assuraient une vengeance facile et prompte. Cependant mes sentiments religieux me retinrent ; je lui laissai la vie, mais en me jurant à moi-

même de le punir... Sous les voiles du plus
impénétrable mystère, je m'attachai aux pas du
meurtrier de mon mari. A force d'or, je sus tout
ce qui se passait chez lui ; j'appris son mariage clandestin et sa nouvelle trahison. Je fus
trouver la pauvre comtesse, sa femme, pour la
décider à s'associer à mes desseins ; mais elle
était *femme* dans toute l'acception de ce mot ;
elle aimait le perfide ! Quels que fussent ses torts
envers elle, elle pleurait et lui pardonnait. Ma
haine se fondit devant son héroïque résignation.
Sur son instante prière, je renonçai au châtiment
que je lui réservais (car je ne puis donner ce nom
là à la ruse qui va rendre le comte à ses devoirs
envers une aussi charmante personne...), mais je
me promis bien d'arrêter le cours de ses galants
triomphes : ce qui sera pour lui une suprême
punition !

Le plus grand secret étant nécessaire à la réus-
site de mon plan, je louai sous un nom d'emprunt
la maison dont les allures vous ont si fort intri-
guées, Mesdames, et j'y renfermai Anita, dont le
mari venait d'arriver à Modène.

Vous savez le reste ; et aussi comment nos
manigances ont éveillé les soupçons de nos jeunes
fous et les ont attirés, le signor Luigi en tête,
chez la comtesse Anita, — qu'heureusement,
j'avais pris la précaution de défendre contre leurs

assauts,— Luigi vous dira si j'ai l'esprit inventif !
J'avais toujours ma police secrète, dont Monseigneur le Duc ne se doutait nullement : quelques
indiscrétions m'apprirent les nouvelles amours
du volage et le profit que je pouvais en tirer pour
mes projets.

A cette heure, Mesdames, les mystères de la
villa magique vous sont connus, voulez-vous me
prêter votre gracieux concours ? je le demande
pour assurer notre quadruple vengeance à nous,
vengeance qui doit en même temps faire le bonheur de notre chère Anita.

— Union et vengeance !! tel sera notre cri de
ralliement... répondit Madame de Laval.

— Et, ajouta vivement Octavia, nous appren-
drons à ce Don Juan, qui se fait un jeu du repos
des femmes, que chat madré peut trouver rat
plus fin que lui !

A Italien... Italienne et demi...!

— Mon Dieu ! interrompit Anita, qu'allez-vous
décider ? je tremble...

— Soyez tranquille ! *mia cara*, et fiez-vous à
nous, répliqua la princesse. C'est l'impunité qui
l'encourage... il recevra une salutaire leçon !
Quant à vous Anita, vous en êtes si maladroite-
ment amoureuse, que vous pourriez encore
passer dans le camp ennemi et tout compromettre... Veuillez donc, *carissima*, vous retirer

dans votre inviolable asile ; vous en serez ap-
pelée dès qu'il en sera temps.

Et, à présent, à nous trois l'œuvre de diplomatie ! ! !

— Que faut-il faire ? interrogea Mme de Laval.

— Patience ! répondit la princesse l'œil étin-
celant : vous le saurez bientôt.

————————

CHAPITRE V

LES DIPLOMATES SANS DIPLÔME

Le volage ambassadeur comte Gaétano Rossi était à cent lieues de se douter de la tempête qui grondait parmi les trop changeants nuages de son ciel amoureux. Ses nerfs n'avaient nullement pressenti la foudre près d'éclater sur sa tête. Il ignorait complètement l'intimité des jeunes femmes. Presque toujours auprès du duc, — chez lequel il n'y avait pas eu de grandes réceptions depuis son arrivée — il ne s'était fait présenter ni chez Madame Faliero, ni dans aucun salon de la ville, et ignorait, conséquemment, l'histoire de la maison mystérieuse qui préoccupait tout Modène.

Il avait rencontré la jeune marquise à la promenade ; et le palais Faliero se trouvant dans une rue où il passait chaque soir, l'idée lui était venue de jouer avec elle ce petit roman à l'espagnole, que nous connaissons, sans se donner grand'peine et à seule fin d'utiliser les loisirs que lui laissait bien malgré lui, la charmante madame de Laval,

Toutefois il apportait, dans ces deux intrigues, beaucoup de réserve, infiniment de prudence, et ne combattait pas avec sa valeur accoutumée; car, ayant surtout à cœur de réfuter auprès du duc les soi-disant calomnies qui circulaient sur le compte du prince son maître; occupé sans trève à lui vanter la conduite du souverain comme celle de ses sujets, — il se devait nécessairement en exemple! Aussi, sa flamme ostensiblement déclarée à Madame de Laval, et sa cour nocturne à la marquise Faliero, — étaient-elles moins un effet de sa volonté que l'entraînement subi par la force de vieilles et louables habitudes. Quant à la princesse Tolosi, il n'y songeait plus : cette image était depuis longtemps ensevelie dans la profonde oubliette de sa mémoire, — où l'ambassadeur étouffait, sans pitié comme sans regrets, — la pensée des innombrables amours dont son cœur frivole tenait à effacer l'importun souvenir. Il ignorait d'ailleurs la présence de la princesse à Modène. Elle lui avait bien dit qu'elle se vengerait.... mais tant de femmes le lui avaient juré!... qui ne manquaient pas plus qu'elle de légitimes droits à la défense, et dont les menaces étaient demeurées vaines!!...

Donc, se reposant d'une façon toute chevaleresque sur cette faiblesse reconnue, constatée, le papillon rafraîchissait son aile dans les pleurs de ses victimes, et continuait de voltiger de fleur en fleur.

Icare n'est pas le seul qui ait fait un mauvais usage de ses ailes !

Mais, outre que le soleil peut les fondre, l'orage peut aussi les briser.

Cette réflexion n'était point venue à l'esprit du comte.

Cependant, quelque élastique de conscience qu'il fût, il avait beau entasser le Pélion de ses sophismes sur l'Ossa de ses vanités, — il ne pouvait étouffer entièrement dans son cœur la voix du remords criant sans cesse: Anita ! Anita !!... Il cherchait à s'étourdir de son mieux, afin d'oublier une chaîne gênante. Vains efforts, Il est des heures où, par la plus mauvaise nature même, la clameur de la conscience est entendue ; et souvent, au milieu de ses triomphes, le mari d'Anita pâlissait tout-à-coup sous la violente impression d'une pensée vengeresse et profonde...

Le palais ducal était en fête: il devait y avoir grande réception le soir.

La princesse Maria de Modène, retirée dans ses appartements, se tenait assise en face d'une toilette étincelante de pierreries ; et, entourée de ses femmes, elle commençait les longs apprêts d'une élégante et riche parure.

Par moments, les regards de la mignonne Altesse se fixaient sur une lettre dépliée au milieu des écrins: alors une expression de joie naïve illuminait sa physionnomie, un frais sourire entr'ouvrait ses lèvres mutines...

Une des demoiselles d'honneur, entrant dans le boudoir, s'approcha de sa maîtresse.

— Madame la princesse Tolosi, annonça-t-elle, demande quelques instants d'audience.

— Qu'elle vienne? répondit Maria de Modène, sans pouvoir dissimuler la vive satisfaction qui éclata dans ses beaux yeux.

Madame Tolosi parut.

Les deux dames échangèrent un salut cérémonieux et dans toutes les règles de l'étiquette ; puis, sur un signe de la jeune duchesse, son gracieux entourage féminin quitta l'appartement.

— Parlez ! parlez vite, ma chère princesse, s'écria alors Maria en présentant avec vivacité sa jolie main à Madame Tolosi.

— Votre altesse sait-elle son rôle ? interrogea celle-ci tout d'abord.

— Si je le sais !...

— Et Madame la princesse de Monaco veut-elle bien nous prêter son concours

— Déjà ! reprit Maria de Modène, dont le front charmant s'inclina sous le poids d'une rêveuse mélancolie ; ne vous pressez pas de me donner ce titre...

— Il sera vôtre lorsque vous le voudrez.

— Vous êtes donc certaine du succès ?

— Je vous demande seulement, Madame, de prendre la peine de venir triompher avec nous.

— Quel est donc le fin diplomate qui vous aide ?

— Je n'ai jamais eu la pensée d'implorer l'assistance d'un diplomate.

— Est-ce modestie... ou orgueil ?

La princesse se prit à rire.

— Pour battre l'ambassadeur — ce qui est l'important ! — il me fallait, à son habileté acquise, opposer ce que j'appellerai la ruse instinctive ; ou, si vous le préférez : la nature à l'art. Pouvais-je mieux choisir qu'une femme ! et une femme outragée !

— Je trouve votre ravissant trio peu susceptible d'effrayer le coupable.

— Votre altesse en jugera : — pour une première campagne, Madame Faliero mérite des encouragements : mais je réclame le diplôme pour Madame de Laval ! c'est à elle que nous réservons l'honneur de pratiquer la brèche. Moi, je me suis chargée de la mise en scène, et, après le spectacle, si votre Altesse est contente, je la prierai de

solliciter en ma faveur le brevet de grand machi-
niste de la cour.

— Et la belle Anita ?

— Elle hésite, tremble et pleure!..; si bien,
qu'elle ne paraîtra, elle, qu'au coup de foudre du
dénouement ; tout ce qu'il est licite d'attendre de
la comtesse, c'est le courage du désespoir.

— Celui des poltrons !

— *Poveretta* ! elle a les craintes des âmes
tendres, et je la plains plus que je ne la blâme.

— Ainsi, reprit Maria, et, comme vous me
l'avez expliqué en votre lettre..., tout en faisant
rendre justice à cette intéressante personne,
j'assure mon propre bonheur ?

— Sans nul doute.

— Le but me semble on ne peut plus philan-
thropique, dit l'aimable duchesse en riant ; je m'y
associe avec joie. Mais, je suppose que le prince
de Monaco ne ressemble point tout à fait à son
ambassadeur ?

— Ah ! Madame, quelle mauvaise pensée !
d'ailleurs, pour vous rassurer absolument, quoi
de plus facile ! vous n'avez qu'à vous regarder
dans ce miroir... s'écria Madame Tolosi se levant
pour prendre congé.

Compter sur soi-même, ajouta la sceptique
princesse à part elle, — n'est ce point le meilleur
avis que je puisse lui donner !

Après cela, l'Océan n'est pas moins perfide que l'homme, et les marins ne se lassent pas de confier leur existence à ses flots amers.... Ce n'est pas une raison de faire toujours naufrage...

A onze heures, le soir, on dansait à force, dans les salons ducaux. La société était brillante, animée par le plaisir. Le souverain se montrait charmant pour les envoyés du prince de Monaco.

L'ambassadeur rayonnait.

Les pressentiments ne sont pas donnés à tout le monde !

— Quelle admirable fête ! disait d'un air radieux le comte Gaëtano Rossi au duc de Modène ; il ne lui manque qu'une chose pour paraître plus belle encore...

— Eh quoi, Monsieur le comte ?

— C'est d'être le prélude d'une autre.... d'une fête nuptiale, par exemple.

— Monsieur l'ambassadeur, répondit le duc d'un ton sérieux, vous connaissez mon sentiment à ce sujet. L'alliance de son Altesse le prince de Monaco, m'honore en tout point ; mais je m'occupe de cette affaire, bien plus en père qu'en

souverain, et la légèreté du prince ne me paraît
pas devoir assurer le bonheur de ma fille chérie.

— Le prince en est si amoureux !

— Aujourd'hui...

— Il le sera toujours ! monseigneur ; permettez-moi de vous dire que son Altesse a été
calomniée auprès de vous.

— Cependant, monsieur le comte, vous ne
nierez point que le prince ne tolère, chez certains
de ses favoris, des idées galantes, voire de séduc-
tion, qui sont bien fatales au repos de ses sujets,
et que chaque triste prouesse de ces jeunes liber-
tins, racontée aux petits soupers du maître,
n'excite de joyeux rires et ne passe à ses yeux
pour une action d'éclat.

— Et voilà, Monseigneur, reprit Gaëtan d'un
air pénétré, voilà encore une erreur dans laquelle
on cherche à entraîner votre esprit si perspicace,
votre jugement si sain. Les folies de ce genre !
mais on n'y songe plus depuis des années. La
cour du prince, peut être offerte en exemple ; et,
loin de présenter les faits regrettables que signale
votre Altesse, les ménages de Monaco sont dignes
d'être considérés comme des ménages-modèles.

— Dans ce cas, Monsieur, que ne citez-vous
les maris-phénix qui vivent dans l'intimité du
prince ?

— Mais rien ne m'est plus facile ! voyons

d'abord. . Monsieur de Laval ; l'époux de la plus jolie femme de la cour (c'est bien le moins que leur amour me soit utile, puisqu'il m'est peu agréable !) ajouta l'ambassadeur à part lui.

— Vous avez raison ; Monsieur de Laval est un homme des plus recommandables et Madame de Laval est vraiment une personne accomplie.

— (A qui le dites-vous) pensa le comte.

Ah, Monseigneur ! vous ne vous faites pas idée d'une pareille union ! de la tendresse comme aux premiers jours.... des soins, des attentions... c'est à en être touché...; et je le *suis* plus que quiconque ! acheva le galant dans sa moustache.

— Oui, reprit le duc ; je les ai souvent observés, et j'ai remarqué avec plaisir cet attachement réciproque qui les honore tous les deux.

— Eh bien ! Monseigneur, Monsieur de Laval est admis dans la plus grande intimité du prince.

— Ce choix fait honneur à la raison de Son Altesse.

— J'ai cité Monsieur de Laval au hasard ; mais tous les amis, tous les conseillers du prince sont les modèles des époux, et votre Altesse me permettra de lui rappeler le proverbe : « Qui se ressemble...

— Le prince, Monsieur, a délégué en vous un excellent avocat.

Le comte s'inclina.

— Il est naturel d'avoir de la chaleur lorsqu'on défend la vérité.

— Eh bien ! Monsieur le comte vous avez de si admirables arguments, que je suis près de les trouver bons. Désignez-moi encore, dans la société de Monaco, un autre couple comme celui de Monsieur de Laval; et je m'engage à vous accorder la main de la princesse.

— Ils fourmillent, Monseigneur, ils fourmillent !! s'écria le diplomate en mordant ses lèvres, et, vraiment ! si ma mémoire ne me faisait défaut...

Je cherche les meilleurs, pour les mettre sous les yeux de votre Altesse.

— Cherche !... cherche !... pensa le duc, en riant, dans sa barbe : le renard est pris au piège.

Vous avez du temps, cher comte ; je veux être sûr qu'il existe, parmi les plus chers amis du prince, un second ménage-modèle : trouvez-le, et, je vous réitère la promesse de ma fille !

— Diable ! fit le Lovelace, en voyant le malin duc se tourner vers une autre personne : à quelle extrémité peut-on être réduit !... Voilà que j'en arrive, moi, à souhaiter des *ménages-modèles* !... Je vais envoyer l'ordre de les publier à son de trompe ; on promettra une récompense... honnête...

Il se retira, pensif.

Cependant, en dépit de sa mauvaise humeur, lorsqu'il fut un peu éloigné du duc, la force de l'habitude ramena ses yeux vers le cercle éblouissant des dames rayonnantes de beauté et de parure, et son regard rencontra le regard de feu de Madame Faliero.

— Malheureux au jeu, heureux en amour ! murmura l'ambassadeur en s'avançant vers elle ; la fortune me devait un dédommagement : l'occasion est splendide...

— On accuse souvent le hasard, dit-il en s'inclinant profondément devant la jeune marquise ; ce soir, Madame, je le bénis comme la plus favorable des divinités.

— Prenez garde d'avoir bientôt à le maudire, monsieur le comte ! répondit Octavia d'une voix basse et troublée au delà de toute expression,

— Si cette lugubre prophétie à la Calchas m'annonce un péril, je serai content de le braver pour vous !

— Je crois à votre valeur, continua la marquise en jetant de furtifs regards autour d'elle ; mais songez-y ! l'orage gronde...

— Qu'importe ! si dans vos yeux je vois luire l'arc-en-ciel...

— Trêve de galanteries, Monsieur ! écoutez-moi sérieusement : je suis heureuse de cette occasion qui me permet de vous adresser une prière...

--- Vous, Madame !

— Vos stations quotidiennes sous mes fenêtres, reprit Octavia, ont éveillé la susceptibilité ombrageuse du marquis ; il est jaloux ; c'est le défaut ordinaire de ceux qui aiment ! vous devez comprendre, Monsieur, à quel danger vous expose un pareil manége... Je vous serais reconnaissante si je le voyais discontinuer.

— Décidément, elles s'entendent pour m'envoyer... en Turquie ! Encore une lettre de congé ! pensa le diplomate qui eut besoin de tout son art pour masquer son dépit.

— Désolé de ne pouvoir vous obéir, Madame, dit-il ; non, non ! pour être agréable à Monsieur le marquis, je ne renoncerai pas au bonheur de vous voir, — ne fût-ce que de loin !

— Monsieur, je partage sans restriction la manière de penser du marquis à votre endroit, — répondit très sèchement Octavia.

— Il suffit, Madame ; je m'incline devant votre volonté ainsi exprimée...

— Bientôt, Monsieur, vous me saurez gré de ma conduite : cette folie ne pouvait être sérieuse, et elle vous eût compromis auprès de son Altesse. Votre position à la Cour, en ce moment, vous oblige à donner l'exemple : je vous engage à y réfléchir avant qu'il ne soit trop tard.

Et la marquise termina son petit discours par

une belle révérence, dont l'ironie de son regard démentait la courtoisie.

— Encore un bon ménage ! pensa le séducteur en s'éloignant l'oreille basse, après avoir adressé un profond salut à la fière Octavia.

Si, au moins, il était de Monaco !! j'aurais là sous la main un échantillon à présenter au duc.

Décidément, le proverbe est faux, et ma bonne étoile brille par son absence !

Dans son désappointement et à son insu, le comte avait prononcé ces derniers mots à demi-voix.

— Pourquoi ne pas la rechercher dans quelque coin inexploré du ciel ? murmura-t-on à son oreille.

Il se retourna vivement : Madame de Laval était debout près de lui.

— Que parlez-vous du ciel, répliqua-t-il, vous qui m'en avez si cruellement refusé l'entrée ?

— Pourquoi s'est-on lassé d'implorer ? Ignorez-vous que la persistance est le moyen qui réussit le mieux auprès des femmes ?...

Donnez-moi votre bras, Monsieur le comte ; j'ai envie de me promener dans les salons.

Surpris d'une façon d'agir aussi nouvelle, Gaëtano présenta son bras, — sur lequel Madame de Laval appuya l'extrémité de ses doigts délicieusement gantés. Elle était, ce soir là, si jolie, si radieuse, que prêt à se consoler déjà de son récent échec, il ne put retenir sa langue et s'écria :

— Si vous saviez à quel point vous êtes belle quand vous voulez n'être point méchante, vous seriez bonne tout à fait.

— J'aurais bien tort !...

— Encore une réticence ! vous me faites passer de surprise en surprise.

— Vous n'êtes pas au bout !

— Que voulez-vous dire ? vos beaux yeux sourient... mais votre voix menace... quelle adorable créature vous êtes, ô Estrella !

— Le compliment vous est facile : il a l'habitude de loger sur vos lèvres comme en un nid !

— Pour vous, mais pour vous seule... certainement !

— Pour moi et pour d'autres !... Allons, Monsieur, ne démentez pas votre réputation d'homme universel....

— Une calomnie... que vous vous obstinez à croire ; soyez franche, quelqu'un vous a parlé de moi ?

— Oh ! personne de votre connaissance.... je me trompe... quelqu'un que vous avez souvent fait parler de vous... la Renommée...

— On lui prête cent bouches.... vous plairait-il m'en désigner une ?

— Pour lui imposer silence ? vous n'y parviendriez pas. l'indiscrète a d'excellents poumons ! Elle crierait plus fort que vous.

— Enfin, de quel genre sont ces racontars ?

— Devinez...

— S'ils sont véridiques, ils vous rapportent mon adoration et mes soupirs de tous les instants.

— Ce n'est point là ce que vous disiez tout à l'heure à la Marquise Faliero...

Où veut-elle en venir ? pensa l'ambassadeur, confondu ; est-ce dépit, coquetterie, ou cœur vraiment blessé ?... la jalousie est la cousine germaine de l'amour.

— Vous ne me comprenez sans doute pas, reprit vivement Madame de Laval ; adieu, Monsieur le comte ! et elle voulut retirer son bras.

— Une minute ! je vous en prie, supplia Gaëtano, faisant une douce violence à ce bras charmant ; eh quoi ? vous me quittez à la façon du Parthe : en me laissant une flèche pour adieu ?

Madame de Laval posa un doigt mignon sur sa lèvre rose et resta dans l'attitude qu'on prête à Harpocrate, le dieu du silence.

— Estrella, reprit doucement l'amoureux, vous vous êtes trompée sur le sens de mes paroles à la marquise...

— J'exige une explication ! s'écria la jeune femme avec une si ardente expression de jalousie, que le diplomate, joué, ne put s'empêcher de se dire, *in petto :*

— La femme est comme la fortune : elle arrive lorsqu'on ne l'attend pas... ce que c'est que l'esprit de contradiction !...

Et moi qui me plaignais de la chance, aujourd'hui !

— Vous l'aurez, aimable dame, fit-il avec passion ; et je lis déjà ma grâce dans vos doux yeux...

— On verra... si vous la méritez ; je vous écoute, Monsieur.

— Ici ? c'est impossible ! répliqua notre Machiavel. Trop d'Argus nous observent, et ma cause veut être plaidée longuement.

— Ce qui ne prouve guère en sa faveur.

— Ne jugez pas sans entendre... Il est près de minuit ; leurs Altesses vont se retirer ; le bal durera encore longtemps ; M. de Laval, à cette table, implore les faveurs du jeu (il ne peut manquer de les obtenir !..) ; quittez cette fête, rentrez dans vos appartements, et permettez-moi, Madame, de venir vous y présenter des hommages qui ne sont dûs qu'à vous... seule...

— Chez moi !! murmura Madame de Laval avec une hésitation admirablement feinte ; — Oh non !..

— Si j'osais vous proposer l'inviolable secret de mon...

— Chez vous !!! jamais ! oh jamais ! Monsieur, dit Estrella avec un magnifique crescendo d'inquiétude.

— *Jamais !* pensa le séducteur en frisant sa moustache ; c'est le premier mot d'une femme prête à s'écrier : *Toujours !!.* ; n'en déplaise à Madame de Laval, qui affirme la synonymie de ces deux vocables !

— Eh bien ! Madame, reprit-il en conduisant l'habile comédienne à sa place, — il est une galerie sur laquelle ouvrent vos appartements : elle longe aussi les miens ; daignez m'y attendre une seconde avant de rentrer chez vous, je cours vous y rejoindre.

— Je ne sais si je dois... balbutia Madame de Laval, dans les yeux de laquelle éclatait tout un feu d'artifice...

— Venez, je vous en conjure ! insista l'ambassadeur de plus en plus pressant.

La jeune femme paraissait encore hésiter...

— Soit ! dit-elle tout à coup en prenant un air résolu : j'irai !.. et si je suis satisfaite.., de vos explications, je vous le promets, vous retrouverez votre bonne étoile...

— Je la vois déjà luire dans vos beaux yeux, répondit le comte en s'inclinant pour cacher sa joie ; puis, tout bas : — enfin !.. je la tiens !!... elle Estrella !

— Nous le tenons ! *lui !* pensa Madame de Laval, qui s'assit en étouffant un accès de fou rire dans les broderies de son mouchoir.

La princesse Tolosi s'était approchée de la jeune duchesse Maria de Modène.

— Eh bien ! lui demanda celle-ci, dès qu'elle fut sûre de n'être point entendue et en désignant la charmante moitié du secrétaire d'ambassade : où en est notre diplomate?

— Elle est en train de prouver que (pour n'avoir pas de diplôme) on peut, même sur son terrain, battre un maître ès-diplomatie ! répondit la princesse, qui s'éloigna un doigt sur les lèvres.

En quittant Madame de Laval, le comte radieux, se heurta au noir regard de Madame Tolosi.

Il ne put s'empêcher de tressaillir...

— La princesse ici ! pensa-t-il presque avec effroi. Je la croyais à Naples... elle aurait dû y rester ! Je ne sache rien d'importun comme un revenant... Allons ! trêve de craintes puériles ! Arrière le passé lugubre en face de l'avenir céleste qui m'attend ! !

Mais, en dépit de son audacieuse résolution et du bonheur prochain dont le seul mirage enivrait le comte, la vue de cette victime lui en rappela une autre... et un ressouvenir, plein de tristesse et d'amertume, traversa ses rêves de victoire, — pareil à la voix de l'esclave placé sur le char du triomphateur romain pour lui rappeler qu'il n'était qu'un homme !...

CHAPITRE VI

LA BONNE ÉTOILE

Pendant quelques minutes le comte se tint au loin, mais les yeux toujours fixés sur Madame de Laval. Il vit la jeune femme se lever lentement, puis disparaître. Leurs Altesses venaient de se retirer. Les danses continuaient, Monsieur de Laval était toujours à la table de jeu. Gaëtano se hâta de sortir et se rendit dans ses appartements. Après une courte mais anxieuse attente, pendant laquelle il n'entendait que les battements précipités de son cœur, le comte entr'ouvrit doucement une porte et s'avança sans bruit dans la galerie.

Des effigies en bronze doré soutenaient de magnifiques candélabres contre les parois de cette pièce. Ils étaient encore allumés quoique la galerie se trouvât déserte. Le bruit de la fête se faisait entendre à peu de distance, et les derniers sons des valses harmonieuses, qui venaient y expirer en échos suaves contribuaient à rendre cette heure poétique et enivrante entre toutes...

Le cœur bondissant, Gaëtano avançait toujours.

S'étant souvenu de certain petit boudoir, situé tout au fond, il se dirigea de ce côté. D'une main tremblante, il en souleva l'épaisse portière de velours... ; poussée par un bras invisible, la portière retomba derrière lui, et une obscurité complète succéda tout à coup aux flots de l'éblouissante clarté qui illuminait la galerie.

Cherchant son chemin à tâtons, l'ambassadeur crut ouïr près de lui le frôlement d'une robe de soie glissant sur le parquet.

Il s'arrêta, ému.

Est-ce vous, mon bel ange ? interrogea-t-il de son accent le plus tendre.

— Oui... répondit-on bien bas ; Dieu ! que j'ai peur !

— Ne tremblez pas ainsi, reprit le comte s'emparant, dans les ténèbres, d'une petite main qui semblait le chercher...

Oh ! paraissez, fleur de mon ciel d'azur, vous, ma brillante étoile ! paraissez... et la nuit sombre qui nous entoure resplendira comme un soleil levant.

— Le temps presse ! murmura la voix, toujours troublée, de Madame de Laval : j'attends votre explication, Monsieur.

— Auprès de vous... parler d'une autre ! est-ce possible ?

— Non : vous réservez cela pour mon absence !

— Quelle mauvaise plaisanterie !... vous ne voudrez donc jamais croire à mon amour ?

— Pourquoi, alors, serais-je ici ?

— Oh ! merci pour ce mot adorable ! que je suis heureux ! Donc, vous accordez quelque confiance à mes paroles ! vous admettez qu'on puisse affecter parfois, par fantaisie en politique, des sentiments qu'on n'éprouve pas, sans pour cela cesser de livrer tout son être et toute son âme à un amour caché, comme un culte mystérieux, au plus profond du cœur ?...

— Serait-ce vrai ?... dit la jeune femme d'une voix... étrange.

— C'est singulier comme la jalousie transforme les filles d'Ève ! pensa notre serpent ; Estrella, en prononçant ce mot, avait un accent que je ne lui ai jamais entendu !...

— Ainsi, continua Madame de Laval radoucissant sa voix, il faut croire que tel était votre motif auprès de la marquise, et qu'au fond vous n'aimez que moi ?

— Vous seule pouvez enchanter ma vie !

— On dit cela à toutes les femmes qu'on courtise.

— Non, Madame ! non !! chaque existence, si vaste que vous vous la figuriez, ne peut compter qu'un seul amour rayonnant et réel : *Le premier !*

— *Le premier !..* fit-elle d'une voix étouffée.

— Oui, insista le comte, qui s'identifiait complètement avec son rôle, — c'est le seul vrai, le
seul sincère, le seul qui s'enracine ! on n'aime
qu'une fois ! qu'une femme ! les autres peuvent
exciter un caprice éphémère, un entraînement
irréfléchi et de surface, mais la première aimée,
c'est autre chose ! elle seule prend possession de
notre être tout entier et, pareille à la robe de
Déjanire sur l'épaule d'Alcide, ne l'abandonne
plus ! sa divine image se grave dans l'âme en
traits de feu ; les autres liaisons s'éteignent vite,
flammes sans chaleur ; et, tandis que le premier
amour nous suit jusqu'au tombeau, celles-ci dis-
paraissent et s'effacent,— comme au vent lybien,
les traces d'une caravane sur le sable... oh ! la
douce chaîne de cet amour là... on y revient toujours, et c'est ivre de joie qu'on la reprend si, par
malheur, on l'a quelques instants quittée !..

Eh bien ! cette femme que j'aime ainsi, qui la
première fit palpiter mon cœur !

— Silence ! interrompit vivement Madame de
Laval retenant sur les lèvres menteuses du comte
l'aveu qui allait s'en échapper : — On marche, je
crois...

— Non, dit-il, rien ne trouble mon bonheur !
venez, ô mon rêve céleste !.. et, baisant une main
qu'on ne lui disputait plus, il ajouta avec ivresse :
— ah ! l'admirable menotte que vous avez, Es-

trella ! non, jamais bouche royale n'effleura satin plus doux !

Un franc éclat de rire accueillit cette déclaration.

— Vous riez ?.. demanda le comte surpris.

— Je devrais pleurer plutôt ! répondit la voix,

Chose étrange ! cette main, que tenait amoureusement Gaëtano, était froide à force d'émotion et tremblait à faire pitié !.. et la voix, qui devait nécessairement appartenir au même propriétaire, avait une légère teinte d'ironie, qui eût pu paraître au moins bizarre en un tel moment !.. mais le comte en délire manquait absolument du sang-froid voulu pour observer ces contrastes.

Or, comme l'art de saisir les nuances est tout pour un diplomate, tout diplomate devrait, se cuirasser contre les flèches d'Eros...

— Pleurer ! continua-t-il, plus pressant encore, lorsque vous tendez enfin la coupe de la félicité à ma soif ?.. oh ! ne le regrettez point ! N'en soyez pas repentante ! Dès ce jour, ma vie vous appartient... devenez-en la bonne étoile !!

— Eh bien ! oui, reprit la voix altérée de l'interlocutrice, — je veux croire à votre amour ; j'en accepte l'ardente promesse, comme gage d'un avenir qui me fera oublier vos torts passés, vos folies, et me permettra de vous accorder, avec ma tendresse la plus vive, une confiance sans mesure.

— Oh ! merci pour l'espoir que vous faites rayonner à mes yeux ! s'écria le comte transporté au troisième ciel.

Et, tombant de cette vertigineuse hauteur aux genoux de Madame de Laval : oh non ! non, je n'ai jamais aimé une femme comme je sens que je vous aime !

Cette fois, le rire qui répondit à cette phrase passionnée de l'ambassadeur alla jusqu'à l'explosion... soudain, comme en un coup de théâtre, les portières grincèrent sur leurs tringles avec un bruit strident, des flots de lumière inondèrent le boudoir, et Gaëtano, ouvrant des yeux hagards, se trouva, avec stupeur..... aux pieds de *sa femme* !!!.....

La belle Anita, tremblante comme la feuille sous les rafales du vent d'automne, pressait contre ses lèvres son mouchoir trempé de pleurs,

Debout, près d'elle se tenait Madame Laval, radieuse et souriante.

La foudre paraissait être tombée sur le coupable. Sans voix et comme pétrifié, il demeurait aux genoux de sa victime, dans l'attitude que la Bible prête à la femme de Loth après son délit de curiosité.

Mais ce fut bien pis encore, quand, par une

porte qui s'ouvrit brusquement dans le fond de la galerie, une double édition de la tête de Méduse apparut... sur les nobles épaules du duc et de la princesse Maria de Modène !

— Quelle singulière fantaisie ! disait le souverain à sa fille, de vouloir passer par ici pour rentrer dans vos appartements ; mais c'est le vrai chemin des écoliers !

— J'avais à cœur de vous montrer, mon bon père, un spectacle entre tous édifiant et de nature, peut-être, à assurer le bonheur de votre fille chérie...

— Que vois-je ?.. s'écria tout à coup le duc en reculant de surprise : Monsieur l'ambassadeur aux pieds d'une femme !!...

— *De la sienne !..* mon père.

Le duc demeura stupéfait.

— La chose ne lui en semble que plus ébouriffante... pensa Madame de Laval.

Et avec un aplomb étourdissant, une grâce entraînante, elle s'avança vers le souverain.

— Madame la comtesse Rossi ! fit-elle ; j'ai l'honneur de la présenter à votre Altesse.

Précipité du haut de ses nuages, et subitement descendu sur une terre trop ferme, Gaëtano se releva, plein d'un trouble qu'il maîtrisait à peine.

Anita, elle, profondément inclinée devant le duc, recueillit, par un suprême effort, ce que

7

l'imprévu, l'étrangeté de cette scène lui avaient laissé de présence d'esprit :

— Monseigneur ! dit-elle, je vous demande grâce ; car me voici dans votre demeure, et cependant Monsieur le comte n'a pas encore sollicité pour moi une audience de votre Altesse...

Le motif, auquel j'ai cédé, me vaudra, je l'espère, votre pardon pour cet oubli de l'étiquette.

Retenue à Monaco par une cruelle maladie, je n'avais pu me rendre à votre cour en même temps que l'ambassade.

Ma santé s'étant rétablie, j'ai voulu partir bien vite ; sans même en informer mon mari, qui m'eût suppliée de prendre un plus long repos. Je suis arrivée à Modène cette nuit, pendant la fête.

— Oh ! ici, Monseigneur, il me faut implorer toute votre indulgence... J'ai fait prévenir Madame de Laval, et suis entrée au palais sous son égide et sans donner mon nom...

J'étais en costume de voyage : c'était une raison de plus pour me retirer dans les appartements de l'ambassadeur ! Mais cette galerie m'a paru déserte et, dans mon impatience grande de revoir Gaëtano, je n'ai point su résister à l'envie d'y venir guetter sa sortie du bal, — afin de le surprendre !

— Et de la plus agréable façon ! pensa Estrella.

— Vous n'avez pas d'excuses à m'adresser, Madame la comtesse, répondit le duc, charmé; et c'est moi surtout qui suis au désespoir que vous ne soyez pas arrivée assez tôt pour apporter son plus bel ornement à ma soirée.

— Altesse, balbutia l'ambassadeur, — je suis confus...

— Et de quoi? mon cher comte; mais me voilà tout heureux de voir votre union... que j'étais à cent lieues de soupçonner! Pourquoi donc ne m'aviez-vous pas dit que vous êtes marié?

— (O ciel! en voyageant je l'avais oublié!...) fut tenté de répondre notre héros, — à l'instar de celui de l'*Ile des Lanternes*; mais le premier moment passé, le comte était redevenu... diplomate.

— Monseigneur, répliqua-t-il, vous me demandiez tantôt de vous citer de bons ménages : il eût été malséant à moi de me donner en exemple !

— Qu'il est modeste !... se dit Madame de Laval.

— J'ai préféré, ajouta Gaëtano avec un regard plein de tendresse, laisser à Madame Rossi le soin de plaider ma cause.

— Oh ! Monseigneur, fit la jeune femme, profondément remuée par ce doux regard, — si vous saviez comme je l'aime !!...

C'était la meilleure plaidoirie.

— Eh bien ! mon père, dit alors Maria de Modène, que pensez-vous de l'accord que vous voyez entre Monsieur et Madame Rossi ? N'avais-je pas raison de vous annoncer un spectacle des plus édifiants ?

— Certes !

— Eh bien ! mon père, tous les ménages de la cour de Monaco ressemblent à celui-là comme deux gouttes d'eau ; de plus, Monsieur le comte Rossi et Monsieur de Laval sont les compagnons assidus du prince, ne le quittent jamais...

— Ce qui veut dire, sans doute, que son Altesse est à bonne école, n'est-ce-pas, ma fille ? Allons ! on m'avait inspiré de fausses idées, je le confesse, et vous y avez vu plus clair que moi... Qu'on ne vienne plus maintenant me parler du bandeau de l'amour !...

— On assure qu'il fait des miracles, l'amour... murmura l'espiègle Madame de Laval ; qui donc pourrait nier l'évidence de celui-ci ?

— Monseigneur, demanda le comte qui avait repris tout son aplomb, — me sera-t-il permis, à cette heure, de réclamer l'accomplissement de votre promesse ?

— Mon père chéri, appuya la jeune duchesse avec instance, — permettez qu'il y ait un bon ménage de plus à Monaco !...

En ce moment, plusieurs gentilshommes et

dames de la cour, attirés à dessein par les principaux personnages de cette conspiration amoureuse, pénétrèrent dans la galerie avec eux, ayant à leur tête la princesse Tolosi, laquelle, à l'issue du bal, les avait engagés à quitter le parloir par cette pièce.

Le duc les aperçut et les invita de la main à approcher. —Mesdames et Messieurs, leur dit-il sans dissimuler sa satisfaction : pardonnez-moi de vous retenir encore. J'ai à vous annoncer que j'espère vous revoir prochainement, à l'occasion du mariage de la princesse ma fille avec son Altesse le prince de Monaco.

La cour entoura les deux augustes personnes, en les félicitant à l'envi : puis le duc offrit la main à la princesse rougissante de bonheur, salua l'assemblée et se retira.

Au milieu de la foule inclinée, le comte Luigi reconnut la magicienne du fatal jardin, la belle Anita !

— Quelle est cette femme? demanda-t-il vivement à la marquise Faliero, qui se trouvait près de lui.

— C'est la comtesse Rossi, répondit Octavia.

Un cri échappa au jeune homme.

— Qu'avez-vous? fit la marquise, étonnée.

— Oh ! comme je souffre ! madame; je crois que je viens de me donner une entorse.

Et, sans doute pour ne point fatiguer son pied blessé, le héros de la villa aux piéges, s'assit sur une chaise, en un coin du boudoir, près d'une table en laque de Chine chargée de livres et d'albums, sur laquelle il s'appuya, rêveur.

Cependant la cour s'épuisait en congratulations de toutes sortes.

— Voilà l'effet de l'éloquence! disait-on; le duc qui paraissait si loin de consentir... Ah! le prince peut voter des remercîments à son ambassadeur... quel habile diplomate!!

— Et voilà comme on écrit l'histoire! pensait de son côté Madame de Laval. Tout le monde complimente Monsieur Rossi, et personne ne songe à m'adresser la plus petite félicitation... Nul, que je sache, n'en a pourtant mérité à l'égal de moi!

Et l'espiègle eut beaucoup de peine à se retenir d'entonner l'air du *Brasseur de Preston: Mais si j'ai gagné la bataille...*

— C'est égal, lui coula son mari en s'approchant doucement d'elle, — je suis enchanté que vous n'ayez plus pour mission d'être amoureuse de notre cher ambassadeur... Quels yeux vous lui avez fait, ce soir!...

— Comme j'ai dû bien jouer mon rôle! répliquat-elle avec un adorable sourire: en le regardant, c'est toi qu'il me semblait voir, mon Albert!

— Dieu me préserve d'être jamais le mari d'une comédienne ! murmura Monsieur de Laval, qui sourit à son tour et s'éloigna prudemment.

— Gaëtano, fit tout bas la charmante comtesse à son mari, — pardon ! dites-moi que tout est oublié... répétez-moi ce mot si tendre de tout-à-l'heure « que vous n'aimâtes jamais une femme comme votre Anita.., »

En parlant ainsi, la voix de l'adorable créature, où l'on sentait pour ainsi sourdre des pleurs, avait un accent irrésistible ; un cœur de roche en eût été ému !

— Anita, répondit le comte, j'ai bien souvent regretté mes torts envers vous, et j'avais pris la ferme résolution de les réparer. Croyez-le, mes galanteries à Madame de Laval n'étaient qu'un simple passe-temps mondain, sans conséquence. Je la soupçonnais même de se moquer de moi, elle ! les paroles d'amour que je lui adressais. n'étaient qu'un écho affaibli de celles que j'avais murmurées à votre oreille ; quand ma fantaisie les lui répétait, c'est bien à vous que les envoyait ma pensée ; et, ce soir, vous n'aviez pas ouvert la bouche, que mon cœur vous avait devinée, reconnue !

Si intelligente que soit une femme, il est des heures dans sa vie où le mensonge, même visible et palpable. peut réussir auprès d'elle ; surtout

quand c'est l'homme adoré qui le profère ! Rien
ne remue les fibres, les plus intimes de son âme
comme certains mots sonores et perfidement
tendres ! en passant par une bouche chérie, et si
son esprit rebelle, peut douter, son cœur s'obstine
à croire en dépit de la raison.

C'est ce qui arriva pour la comtesse.

Gaëtano avait eu un accent d'autrefois !...

Elle ne s'arrêta pas à considérer tout ce que le
discours de son mari renfermait de subtilité spé-
cieuse et diplomatique ; touchée par cette voix si
caressante, elle sourit au milieu de ses larmes et
en signe de pardon et d'oubli, lui tendit sa blanche main.

— Eh bien ! Monsieur le comte , dit gaîment
la fine Madame de Laval, — vous ne me remerciez
pas ?...

Pour qui donc ai-je décroché du ciel la bonne
étoile que voilà ; l'étoile qui vous guidera désormais dans les chemins de traverse, en vous évi-
tant les faux pas ?

— Croyez, Madame, à ma reconnaissance bien
sentie, répondit l'ambassadeur.

Et profitant d'un moment où Octavia s'appro-
chait de la comtesse, il ajouta de façon à n'être
entendu que d'Estrella :

— Est-on plus perfide que vous ?...

Ah ! monseigneur, fit cette cette dernière avec

une profonde révérence, je ne suis point diplomate !...

— Il fallait vous en expliquer franchement ; au
besoin vous fâcher !... tandis que...

— Monsieur, une femme d'esprit ne se brouille
avec personne. En ôtant toute espérance, elle
sait se faire regretter ; elle conquiert l'estime du
caprice frivole, en l'éconduisant, et ne met pas
brusquement un amoureux à la porte... fût-il
ambassadeur !...

C'est pourquoi je n'ai point jugé à propos de
me fâcher avec vous... Vous réfléchirez... et ne
m'en voudrez point, j'en suis sûre, de vous avoir
rendu à vos devoirs un peu malgré vous.

— Vous l'emportez ! Madame dit le comte,
désarmé sans doute par le charme et la grâce
non-pareille de la jeune femme ; au vaincu bat-
tant en retraite permettez encore un soupir, le
dernier ! cette fois : — Monsieur de Laval est bien
heureux ! !...

— D'autant plus heureux, Monseigneur, que
vous le savez : il doit l'être *toujours ! ! !*

En se retournant, Gaëtano se trouva en présence de la princesse Tolosi.

Il tressaillit.

— Comte, prononça d'une voix sourde la belle
Italienne, dont l'œil noir éblouissait d'éclairs, —
je vous avais bien dit que je me vengerais !...

Le comte fit un salut plein d'ironie.

— Alors, c'est à recommencer... Madame la princesse, répliqua-t-il de manière à être entendu d'Anita : cette fois vous m'avez donné le bonheur !

Le comte Luigi, toujours seul devant la table de laque chinoise, et absorbé, en apparence, par la lecture d'un livre qu'il avait pris parmi les albums du duc, ne remarquait ni l'écoulement de la foule ni le vide qui s'était opéré dans les salons...

— Que diable faites-vous donc-là ? lui demanda un élégant seigneur de ses amis ; c'est bien l'heure de lire ! quel est cet ouvrage qui vous intéresse si fort ?

Un livre admirable ! répondit le jeune homme, dont le regard humide et voilé s'attacha sur la belle ambassadrice, tandis qu'un gros soupir soulevait sa poitrine !— *Le Paradis perdu !...*